센 베노 몽골

센 베노 몽골

푸르러서 황홀한 12일간의 인문기행

© 유영봉, 2024

1판 1쇄 인쇄__2024년 07월 20일
1판 1쇄 발행__2024년 07월 30일

지은이__유영봉
펴낸이__홍정표
펴낸곳__작가와비평
        등록__제25100-2008-000024호

공급처__(주)글로벌콘텐츠출판그룹
        대표_홍정표 이사_김미미 편집_임세원 강민욱 남혜인 홍명지 권군오 기획·마케팅__이종훈 홍민지
        주소__서울특별시 강동구 풍성로 87-6
        전화__02) 488-3280 팩스__02) 488-3281
        홈페이지__http://www.gcbook.co.kr
        이메일__edit@gcbook.co.kr

값 18,000원
ISBN 979-11-5592-319-1 03810

센 베노 몽골

푸르러서 황홀한 12일간의 인문기행

유영봉 지음

작가와비평

마당 너른 집

이렇게 마당 너른 집이 세상에 또 어디 있으랴? 잔디 아닌 잔디를 눈길 가는 곳까지 마음대로 깔아놓고, 이조차 심심할까 싶어서 곳곳에 가축을 풀어 먹이는 몽골의 집 게르 아니던가? 한없이 너른 마당이라 울타리는 애당초 포기했으니, 가슴은 절로 훈훈해진다.

이곳에 깃들어 사는 식구들은 언제나 바쁠 일이 없다. 그저 느릿느릿 염소와 양 떼를 따라가기만 하면 된다. 어디 이들뿐이랴? 야크를 키우는 집에서는 야크를, 소를 키우는 집에서는 소 떼를 하릴없이 따라가면 된다. 어쩌다 사막을 만나면 낙타에 오르고, 바쁠 일이 생길 적엔 말을 타면 그만이다.

마당 너른 몽골의 집들을 감싸고 있는 건 오로지 적막뿐이다. 그 허전함이 외롭다 싶을 때면 마두금을 타야 옳고, 외로운 밤이 지겨울 때면 해금 연주로 밤하늘을 찢어야 마땅하다. 그리하면 뭇별들이 깜빡이며 발장단 맞춰 신명 돋우고, 소쇄한 바람 한 줄기가 언뜻언뜻 불어와 눅눅해진 마음을 뽀송뽀송하게 만들어 주기 때문이다.

몽골의 너른 마당은 참말로 넓어서 좋다. 한낮에는 푸른 풀밭이 펄럭이는 융단 되어 드넓은 하늘로 날아가고, 한밤에는 하늘에서 쏟아지는 별빛을 곱다시 내려받는 보자기로 변하지 않던가? 새벽이라 그렁그렁한 눈물이 발목을 적실 적마다, 땅거미가 시나브로 장막을 드리울 즈음마다, 스스로 명상에 젖는 이 땅의 나그네들을 위해 열린 마당이 아니던가?

마당 넓은 몽골의 집은 멀리서 볼 때 더욱 아름답다. 녹색의 바다 위에 두어 점의 섬으로 하얗게 출렁이는 게르는 그저 바라만 보아도 가슴속에 깊숙이 똬리를 튼다. 그러나 그들이 한층 더 아름다운 건 때가 되면 툴툴 털고 일어서는 결연함에 있다. 하지만 그 마음이 도리어 홀가분한 건 기약 없는 기약으로 떠나는 발걸음이 다시금 마당 너른 집으로 찾아들기 때문이다.

차례

울란바토르

테를지국립공원

몽골유람 첫날
울란바토르 공항에서 테를지국립공원까지

몽골유람 첫날

이동구간: 울란바토르 공항에서 테를지국립공원까지
이동거리: 120km
소요시간: 2시간 20분

센 베노(안녕하세요)?

초원을 달리는 중이다. 일직선으로 곧게 뻗은 도로 끝으로 야트막한 구릉과 지평선이 바라보인다. 연두와 하늘빛으로만 꾸민 세상이 어쩌면 이토록 아름다울까? 우리가 선경 속으로 들어왔는가? 그러나 이곳은 몽골이다. 어느 곳을 지켜보아도 눈길이 시원해지고, 가슴이 탁 트이는 곳. 이곳이 바로 몽골이다.

몽골은 남한의 15배에 달하는 국토를 지녔다. 세계에서 두 번째로 큰 내륙국가이다. 그러나 땅이 척박하기 그지없는 데다가, 인구는 겨우 340만 남짓에 지나지 않는다. 그중에 150만이 넘는 인구가 수도 울란바토르에 거주하고, 유목 외에 살아갈 방도가 크게 없는 나머지 190만의 사람들이 초지를 찾아 떠돈단다. 그래서 도시는커녕 마을의 형성조차 어렵다고 한다. 몽골에서 방목하는 가축들은 종을 가리지 않고 대략 7,000만 마리로 추산한단다. 인구 대비 20배가 넘는 숫자다.

몽골의 평균 고도는 해발 1,580m이고, 일 년 동안의 평균 온도는 -3℃에 지나지 않으니, 한마디로 추운 곳이다. 뚜렷한 대륙성 기후로 강수량이 매우 적고, 기온 변화가 잦다. 일교차가 큰 것도 그 특징이다. 겨울은 맑지만 크게 추운데, 건조해서 눈이 거의 내리지 않는다. 여름은 따뜻하고 짧다. 연간 강수량은 북부 산악지대가 350㎜이고, 고비사막의 경우는 100㎜에 그친다. 전반적으로 몽골은 활짝 갠 날들이 많다.

센 베노 몽골

울란바토르의 칭기즈칸공항에 도착했다. 다소 흐린 날씨에도 몽골은 푸른 초원의 품부터 활짝 열었다. 그리고 그 안에서 자신이 키우는 오축五畜을 하나씩 꺼내 우리에게 선보였다. 양·염소·소·말·낙타였으니, 이들은 드넓은 초원에서 느릿느릿 거니는 중이었다. 바쁠 게 하나 없이 저마다의 천진을 태평하게 즐기는 중이었다. 그리하여 이를 바라보는 시선조차 도리없이 느긋하고 편안해졌다.

몽골에 도착하자마자 가장 먼저 들른 곳은 슈퍼마켓이다. 우리는 이곳에서 공용물품을 잔뜩 사들였다. 적당히 낯익고, 적당히 낯선 물건들이 나름대로 풍성했다. 하지만 몽골 자체의 공산품은 찾아보기가 힘들었다. 대부분 수입품으로, 한국산과 중국산이 주를 이루었다. 몽골의 산업구조와 경제 수준이 퍼뜩 미루어졌다.

주류코너에는 많은 종류의 보드카들이 한가운데를 차지했다. 방문을 기념해서 에복EVOK이란 상표가 붙은 보드카 2병을 샀다. 국제대회에서 상을 받은 경력이 있는 데다가, 도수가 30도로 괜찮은 술이라는 친구의 충고를 받아들인 선택이었다.

몽골에서의 첫 식사는 점심이었으니, 메뉴는 튀김만두와 양고기 수프였다. 수프는 입에 맞았고, '호쇼르'라고 불리는 몽골식 튀김만두는 한국의 군만두와 크게 다름없었다. 크고 납작하게 반달 모양으로 빚은 다음, 튀겨낸 만두였다. 속을 가득 채운 양고기가 오히려 고소했는데, 한 사람당 두 개씩이면 넉넉했다. 몽골 맥주가 사이사이 오갔으니, 이 또한 우리네 입맛에 맞았다. 기분까지 상큼해졌다.

참고로, 몽골식 찐만두는 '보쯔'라고 달리 부른다. 이 또한 우리네 찐만두와 아주 흡사한 모양과 크기를 지녔다. 재료는 호쇼르와 다르지 않다고 한다. 몽골에서는 새해 풍습으로 집집마다 이 보쯔를 만드는데, 이때 많이 만들면 만들수록 복을 더 받는다고 여긴다. 물론 이 많은 보쯔는 나중까지 모두 먹어치워야 한단다.

첫 방문지인 테를지국립공원으로 향하다가 잠시 들른 곳은 우리나라의 서낭당 역할을 하는, 초원의 구릉 위에 우뚝 솟은 기원 돌탑이었다. 이 돌탑은 몽골어로 '어워' 또는 '오보'라고 한다. 어워는 주로 산이나 언덕배기 또는 신성한 장소를 차지한다. 신에게 제물을 바치는 곳이라서 사람들은 여기에 돈을 놓기도 하고, 우유나 술을 뿌리기도 한다. 지나가는 사람들은 시계 방향으로 세 바퀴를 돌고 난 뒤, 돌멩이 하나를 이곳에 던지며 자신의 소원을 빈다. 티베트 불교의 영향 탓인가? 어워 주변에는 네팔의 타르초나 룽다인 양, 색색의 조각천들이 새끼줄에 내걸렸다.

사방을 돌아보니, 시선이 멀리 멀리 뻗어 나갔다. 아, 몽골! 하는 탄식이 절로 입에서 터져 나왔다. 나직한 하늘 아래에 독수리 두어 마리가 맴돌았다. 먹장구름이 내려앉았다.

　버스가 다시 시동을 걸었다. 죽은 뒤에도 무 자르듯 빈부를 달리해서 자리를 나누었다는, 초원 위의 공동묘지가 차창 밖을 스쳐 갔다. 얼핏 보아도 부자들이 묻힌 묘지와 빈자들이 묻힌 묘지가 확연히 달랐다.
　버스는 몽골의 횡단 열차가 달리는 철길을 가로질렀고, 부드럽기 그지없는 능선을 따라 느긋하게 오르내렸다. 양이나 소를 치는 목동들이 서너 번 아련하게 나타났다. 무리를 이룬 염소와 양 떼가 느릿느릿 길을 건너며 때로 우리네 앞길을 가로막았다. 여유작작한 걸음이 더욱 더뎌졌다.

　솔롱고스에서 온 16명의 나그네가 울란바토르에서 대략 2시간가량 달려 테를지국립공원으로 들어설 무렵이었다. 찌푸렸던 하늘에서 사나운 비가 후두둑 쏟아졌다. 폭우였다. 길은 순식간에 젖었으니, 거북바위로 향하는 비포장도로 위에서 버스가 마침내 휘청거렸다.
　우리는 결국 빗물이 줄줄 흘러내리는 차창 너머로 거북바위를 내다볼 수밖에 없었다. 탁월하게 아름다운 경관 구경도 하루를 미루었다. 유목민 마을 탐방과 말타기 역시 일단 접어두고 부랴부랴 게르를 찾았다.

　숙소로 예약한 캠프는 우리네 방갈로나 글램핑 공간처럼 집단으로 조성되었다. 유목민들의 게르에 비교해 보면, 화장실과 샤워 시설이 각각의 동마다 따로 완비된 곳이었다. 입구에 설치된 계단부터 눈길을 끌었다. 전통적인 게르의 형상이기는 하지만, 관광객들을 위해 편의성과 위생적인 측면에서 한 걸음 더 내디딘 시설이라고 보면 옳다.

우리가 묵기로 한 게르는 6동이었으니, 게르마다 3명씩 배정되었다. 사진이나 화면으로만 보던 게르였다. 일행들은 신기한 눈으로 게르 안을 구석구석 살펴보았다. 그리고 이게 게르구나, 게르가 이렇게 생겼구나 실감을 했다.

하지만 비는 계속 쏟아졌으니, 문제가 생겼다. 먼저 기온부터 쑥 내려갔다. 두 동의 게르에서 비가 줄줄 새기 시작했다. 침대 위로 빗물이 떨어지는 21호의 일행들은 결국 다른 게르로 옮겨야 했다. 그리고 게르마다 난로를 피웠다.

더욱 큰 문제는 저녁 식사였다. 본래는 조금 떨어진 식당에다 허르헉을 예약해 두었는데, 진창이 된 길을 버스가 들어갈 수 없다고 한다. 가이드 밧자가 일단 승합차를 끌고 가서 가져오려고 했지만, 길이 워낙 미끄러워서 도중에 그냥 돌아왔다. 우리는 결국 지프 한 대를 따로 빌려서 허르헉을 가져오도록 했다.

허르헉은 몽골의 전통 음식 가운데 하나다. 냄비를 채운 양고기에다 채소와 양파·감자 등을 넣은 다음, 간장·소금·식초 등을 첨가해서 만든 일종의 볶음이다. 이때 불에 달군 돌덩이도 함께 들어간단다. 몽골에서는 가정마다 재료나 양념류를 달리해서 이를 다양하게 만들어 먹는데, 특히 가족 행사나 모임이 예정되었을 때는 넉넉한 양을 만들어 함께 나눈다고 하였다.

한참을 굶주렸던 일행들은 어렵사리 운반해 온 허르헉을 맛있게 먹었다. 반주로 삼은 맥주와 보드카도 게 눈 감추듯 해치운 뒤, 저마다 잘 먹었다고 배를 두드렸다. 허기도 허기겠지만, 역시 허르헉은 외국인들에게도 인기가 높은 음식임이 분명했다.

한밤중에 세 곳의 게르에서 술판이 거나하게 벌어졌다. 몽골에서의 첫날밤이 아니던가? 일행들은 제각각 술을 꺼내고, 안주를 마련했다. 지붕 위에 타닥타닥 떨어지는 빗방울 소리는 술맛을 더욱 돋우었다. 나아가 서늘해진 기온은 취기를 잠재웠고, 술잔을 더욱 바쁘게 만들었다.

　중간에 천둥과 번개가 치더니, 갑자기 전기까지 나가기도 했다. 그렇지만 즐거운 자리가 끊어지도록 일행들이 어찌 방관만 하겠는가? 우리는 손전등을 밝혀 술자리를 이어갔다. 모처럼 세상 밖으로 야영을 나온 사람들처럼 정다운 이야기가 오갔다. 웃음소리가 밤비를 뚫고 퍼져나갔다.

　몽골의 맥주는 우리네 입맛에 잘 맞는다. 알코올 도수 4.8의 센구르와 세론부터 5.5도의 보르기모까지 대여섯 종의 맥주가 주종을 이룬다. 주당들은 대체로 목 넘김이 좋은 5.1도의 알탄고비가 으뜸이라고 평했다.

넓고 너른 초원에 비는 그침 없이 내렸다. 온갖 풀들이 마른 몸을 적셨다. 하늘의 선물에 신명 겨워 더욱 푸르러졌다. 술을 마시던 중간에, 1970년대 박인희가 불렀던 번안곡 〈방랑자 Vagabondo〉란 노래를 유튜브에서 찾아냈다. 블루투스 스피커에 연결한 다음, 슬그머니 볼륨을 키웠다.

누구도 시킨 적 없었지만, 일행들은 모두 입을 모았다. 우리는 기타를 울리는 떠돌이가 되었다. 노래를 부르는 방랑자가 되었다. 다 함께 마음 모아 몽골 고원을 떠도는 나그네가 되었다. 발길 닿는 대로 걸어가는 길손이 되었다.

이어진 노래는 김학래와 임철우가 함께 부른 〈내가〉였다. 우리는 다시 말 없는 방랑자가 되었다. 님 찾는 떠돌이가 되었다. 우리는 님 아닌 님을 찾아, 길 없는 길을 더듬어 이 세상 끝까지 가리라 다짐하였다.

아하, 그렇다면 이 대목에서 어찌 송창식의 〈피리 부는 사나이〉가 빠질쏘냐? 우리는 또 다시 피리를 불고, 바람 따라 도는 떠돌이가 되었다. 길고 긴 여로에 오른 나그네들의 밤은 합창으로 계속 이어졌다. 우리네 목소리는 밤비 쏟아지는 초원으로 퍼져나가 비안개와 더불어 하나가 되었다. 몽골의 첫밤이 흠뻑 젖어갔다.

몽골 사람들은 자신의 나라를 '몽고'라고 부르는 것을 아주 싫어한다. 자신들의 정식 국가명은 '몽골리아 mongolia'가 분명한데, 중국인들이 무지몽매하고 야만스럽다는 뜻을 지닌 '몽고蒙古'라고 표기하기 때문이란다. 그러나 역사적인 배경을 미루어 보면, 이는 두 나라가 오랜 세월 수많은 전쟁을 치르는 과정에서 굳어진 앙금이다.

중국의 만리장성은 몽골과 중앙아시아에서 침입하는 무리를 물리치기 위하여 일찍이 진秦나라 시황제始皇帝 때 건설되었다. 그렇지만 1211년 칭기즈칸의 중원 정복을 시작으로, 몽골은 마침내 1271년 중국 땅에 원元나라를 건설하였다. 쿠빌라이 칸이 통치하던 1279년에는 중국 전역을 차지하였다.

원나라는 광활한 영토를 바탕으로 동서 교류를 활발하게 전개하였다. 초원길과 비단길은 물론 나아가 바닷길까지 개척하였으며, 사신단과 여행자의 편의를 제공하기 위해 역전驛傳 제도를 시행하였다. 그 결과 원나라의 이름이 온 세상에 알려졌고, 서방 각국의 사절단을 필두로 상인·여행가·전도사들의 출입이 빈번해졌다.

특히 베네치아의 상인 마르코 폴로는 중국의 여러 도시를 유람하고, 관리로 임용되기도 했다. 그는 17년간 중국에서 살다가 조국으로 돌아간 뒤, 원나라를 자세하고도 생동감 있게 묘사한 『동방견문록東方見聞錄』을 펴내, 유럽 사람들에게 원나라를 널리 소개하였다. 이븐바투타의 『여행기』와 플라노카르피니의 『견문록』 등도 이에 크게 가담하였다.

그러나 기세 높던 원나라도 결국 1368년 명明나라에 의해 무너졌으니, 지금의 내몽골은 이때부터 청나라에 복속되었다. 나머지 몽골인들은 다시 초원으로 쫓겨났다. 그 후 몽골 초원은 청淸나라의 지배 아래 조공을 바치고서 가까스로 자치권을 인정받기도 하였다. 그러나 청나라는 결국 몽골을 공략하여 완전히 복속시킨 다음, 이를 외몽골이라고 불렀다.

1911년 7월 중국에서 신해혁명이 일어나자, 외몽골은 중국의 지배에서 벗어날 기회를 잡았다. 그리하여 외몽골에서 복드 칸이 독립을 선언했지만, 내

몽골은 독립에 호응하지 않고 중화민국에 잔류하여 싱안성과 차하르성으로 분할되었다. 이에 외몽골 측에서 내몽골을 되찾기 위해 쳐들어갔지만, 위안스카이의 개입으로 허사가 되었다. 외몽골은 그해 12월에 다시 제1차 혁명을 일으켜, 자치를 인정받았다.

그런데 1917년 러시아에서 10월 혁명이 일어나자, 1920년 중국은 외몽골의 자치를 철폐하였다. 이에 반중국과 민족해방을 목표로 몽골 인민 혁명당이 결성되었다. 1921년 담딘 수흐바타르가 제2차 혁명을 일으켜 마침내 몽골의 독립을 쟁취하였다.

몽골은 중화인민공화국의 9번째 수교국이지만, 특히 소련의 위성국가라고 일컬을 만큼 그들과 아주 가까운 관계를 유지했다. 소련과 중국 사이에서 국경 분쟁이 일어났던 시절에는 소련 편에 서기도 하였다. 그러다가 1980년대 말기에 이르러 소련과 중국 간의 화해가 이루어짐에 따라, 중국과 몽골의 관계 또한 개선되기 시작했다. 1992년 몽골은 마침내 사회주의 노선을 포기하고, 대내외에 민주주의를 표방하였다.

몽골 사람들은 한국 사람을 보면 먼저 말을 건다고 한다. 이는 한국 사람이 좋아서 그러는 게 아니라, 상대가 중국인인가 아닌가를 확인해 보기 위해서라고 한다. 만일 중국인이라고 판명되면, 즉각 그에게 행패를 부린다고 한다. 이 이야기를 새겨보면 오랜 역사를 통해 굳어진 몽골인들의 중국에 대한 반감이 아주 격하다는 사실이 드러난다. 바로 이런 분위기 때문에 중국인들은 몽골로 관광을 오지 않는다고 한다.

크시코스의 우편 마차

몽골의 아침은 독일의 작곡가 헤르만 네케가 작곡한 피아노곡 〈크시코스의 우편 마차〉로 열어야 한다. 원제는 〈카우보이의 우편 마차〉인데, 몽골의 아침이 늘 피아노 건반을 두드리는 듯 해맑은 소리로 찾아오고, 어둠을 젖히는 그 영롱한 빛이 풀잎 위에서 통통거리기 때문이다. 이슬로 빛나는 햇살이 눈부시기 때문이다.

오늘은 또 어떤 비경을 만나러 갈까? 푸름 일색의 초원을 가로지르며 또 몇 군데의 게르를 스쳐 갈까? 솔개 한두 마리가 허공을 맴돌아서 더욱 적막하고 평화로운 게르들을 어떻게 바라볼까? 혹여 말을 타고 초원을 내닫는 몽골 사내들의 멋들어진 모습을 다시 만날 수 있을까?

푸른 풀밭은 언제나 마음을 축축하게 적시는 법이니, 아침마다 우편 마차를 모는 집배원이 되고 싶은 건 당연한 소망인지도 모른다. 기쁜 소식이나 낭보만을 전하는 역할을 맡아, 머나먼 광야로 마냥 떠나고 싶기 때문이다. 어쩌다 만나는 게르에 잠깐씩 들러 반가운 우편물을 전하며, 따끈한 수태차 한 잔을 나누는 기쁨도 꽤 괜찮지 않을까 하는 기대 때문이다.

그러다가 지평선만 가로지른 푸른 초원이 무료하다 여겨지면, 바로 이때 〈크시코스의 우편 마차〉를 목이 터져라, 크게 크게 불러야 하리라. 고맙게도 아동문학가였던 어효선 선생이 이 곡에다 일찍이 가사를 붙여놓지 않았던가?

몽골 땅에 찾아와 새 아침을 맞으며 〈크시코스의 우편 마차〉를 듣는 사람은 분명 나 혼자만이 아니리라. 왜냐면 저 푸른 풀밭이 날마다 우리네 마음을 자꾸만 연두색으로 물들이지 않던가? 마음이 벌써 저 풀밭으로 내달리고 있지 않은가?

울란바토르
테를지국립공원
천진벌덕
차강 소브라가

몽골유람 이틀째

테를지국립공원에서 차강 소브라가까지

몽골유람 이틀째

이동구간: 테를지국립공원에서 차강 소브라가까지
이동거리: 460km
소요시간: 11시간

새벽 5시. 게르를 나섰다.

입에서 와! 하는 소리밖에 나오지 않았다. 간밤에 들이붓던 비가 활짝 개었으니, 맑고 맑은 하늘이 시원스레 열렸다. 신성한 기운을 잔뜩 머금은 비경이 사방에서 병풍으로 감쌌다. 별유천지비인간別有天地非人間에 전혀 뒤지지 않았다. 목욕을 마친 양귀비의 얼굴이랄까, 말끔하게 면도를 끝낸 알랭 들롱이라고 할까. 천연의 맑은 향이 캠프 일대를 에둘렀다.

산수화의 한가운데로 들어왔는가? 어느 쪽을 바라보아도 멋들어진 풍경화 아닌 곳이 없었다. 떠오르는 태양과 함께 바위들이 밝고 환한 빛을 내뿜었다. 해발 2,000m의 고지에 뿌리 박고 기지개를 켜는 나무들이 행복에 겨운 하품 소리를 쏟아냈다. 세상은 온통 서기에 잠겨있었다. 연두가, 연두가 이렇게도 아름다운 빛이었던가!

아침 식사는 미국식 뷔페였다. 빵을 중심으로 몇 가지 유제품과 과일 그리

고 차들이 나왔다. 유제품들의 맛이 역시 뛰어났다. 그래, 이곳이 오축의 나라 아니던가?

향후 숙소마다 제공하는 아침 식사가 대략 이만하다면 먹는 일에 관한 한 큰 문제가 없겠다 싶었다. 더구나 몽골에서는 채소와 과일이 귀하다는데, 이 곳에서 내준 수박이 얼마나 맛있던가? 작아서 앙증맞은 사과도 나름 먹을 만 했다.

아침을 마친 일행들은 다시 주변 풍광을 구경하기에 바빴다. 앞산에는 흰 구름이 걸려서 이리저리 모양을 바꾸고 있었다. 좌우의 바위들은 씩씩하게

생긴 경호원처럼 듬직했다. 뒤편의 야트막한 봉우리들은 모두 바위를 뒤집어 썼는데, 전체적으로 보아 기막힌 비례와 균형을 이루었다.

일행 중의 하나가 이곳의 풍광에 넋을 잃고서, 한 삼일만 이곳에 머물렀으면 하고 장탄식을 내뱉었다. 같은 캠프에 묵었던 여남은 명의 일본인들도 주변에서 사진을 찍느라 여념 없었다. 새들의 지저귐도 한껏 싱그러웠다.

식당 앞의 야외탁자에 앉아 마시는 커피 한잔은 절로 일품이었다. 입에다 한 모금 머금고 몽골의 햇살을 희롱했다. 또 한 모금 머금고 몽골의 바람결을 더듬었다. 풀빛에 파랗게 물든 시선으로 맑게 갠 몽골의 첫 아침을 응시했다. 어느 결에 눈언저리가 절로 축축해졌다. 연두가, 연두가 이렇게도 아름다운 빛이었던가?

어제 타고 왔던 버스는 되돌아가고, 16명이나 되는 유람객들은 넉 대의 SUV 차량에 나누어 탔다. 모두 사륜구동이라고 하니, 험한 길에도 큰 문제가 되지 않으리라 안도감이 들었다. 넉 대의 차에 사람과 짐들이 꽉꽉 들어찼다.

몽골에 돌아다니는 차들은 운전대가 좌측에 장착된 미국식과 우측에 장착된 영국식이 뒤섞였다. 1호차와 2호차는 미국식이었다. 3호차와 4호차는 영국식이었다. 그런데 몽골의 도로망과 신호의 구성 체제 그리고 운용 방식은 미국식 차량을 기준으로 삼았다. 따라서 영국식 차들은 좌회전할 때 아주 위험하니, 왼쪽의 조수석에 앉은 사람이 맞은 편에서 다가드는 차량의 유무를 운전자에게 귀띔해 주어야 한층 안전하다.

출발을 목전에 두었을 무렵이었다. 캠프 안에서 내내 심부름하던 아가씨 하나가 전통 복장을 갖추고서, 여주인과 함께 우리의 장도를 빌었다. 그 아가씨는 물그릇을 받쳐 들고 우리의 여행길 앞쪽에다 물방울을 튕겼다. 우리네로 치면 일종의 액막이가 담긴 송별의식이었다. 여인들은 우리가 시야에서 사라질 때까지 양손을 흔들었다.

우리는 거북바위 쪽으로 되짚었다. 거북바위는 이름 그대로 거대한 거북이의 형상이었다. 웬만한 건물 2층 높이는 너끈할 듯싶었다. 바위를 바라보며 다소곳이 두 손을 모은 사람들도 눈에 띄었다.

거북바위 주변 역시 비경을 드러냈다. 한마디로 스위스의 산중 분위기 안에다가 우리나라 고산의 바위 봉우리를 축약해서 한군데에 모아 놓은 듯했다. 이쪽이 북한산의 오형제바위인가? 저쪽은 도봉산의 준봉들인가? 또 이쪽은 설악산의 연봉들인가? 그렇다면 저쪽은 가야산의 정상을 옮겨다 놓았는가? 어찌 보면 주작산인가? 갖가지 형상을 지닌 봉우리들이 빼곡하게 들어찼으니, 이곳이 국립공원으로 선정된 이유가 여실했다.

우리는 주변을 맴돌았다. 여기를 구경하고, 저기를 구경하느라 바빴다. 여기를 사진에 담고, 저기를 사진에 담느라고 분주했다. 곳곳을 가리키는 손가락들이 눈앞에 즐비했다. 사람들의 입에서 감탄사가 줄줄이 새 나왔다.

　길이 다시 쭉쭉 뻗어 나갔다. 울란바토르를 되짚어서 1시간 남짓 지난 뒤 칭기즈칸박물관에 닿았다. 45m 높이의 거대한 은빛 동상 하나가 푸른 하늘 아래 우뚝했다. 동상의 시선은 동쪽을 바라보았는데, 당시 숙적이었던 금(金)나라를 겨눈 눈길이라고 한다. 금나라는 몽골 사람들과 초원을 놓고 다투던 여진족의 나라였다.

2000년 벽두였던가? 《워싱턴 포스트》에서 '밀레니엄 맨'으로 칭기즈칸을 꼽았다. 서기 1000년부터 1999년에 이르는 천년 세월 동안 세계의 역사 속에서 가장 영향력을 미친 인물로 그가 뽑힌 것이다. 서양사에서 정복자로 이름 높았던 나폴레옹이나 히틀러, 알렉산더보다 더 많은 땅을 정복했던 인물이 칭기즈칸이다.

그는 서양의 세 사람이 차지했던 땅을 죄다 합친 것보다 훨씬 큰 세상을 지배했다. 팍스로마나보다 더 컸던 팍스몽골리아를 서양인들이 마침내 인정했으니, 칭기즈칸이 '밀레니엄 맨'으로 선정된 배경에 관해 누구도 토를 달지 못했다. 한 걸음 더 나아가, 봉건제도를 무너뜨리고 자본주의의 맹아를 싹 틔운 배경에도 칭기즈칸의 영향이 뚜렷하다고 평했다.

푸른 하늘 아래에서 칭기즈칸 동상은 빛을 뿜었다. 세계에서 가장 크다는 기마상 아니던가? '푸른 군대'를 이끌고 몽골대제국을 세웠던 칭기즈칸은 그러나 이제 작은 언덕 위에 홀로 남았다. 아! 그를 따르던 푸른 군대는 모두 어디로 갔는가? 그 옛날 온 세상을 주름잡았던 그들의 기백은 아직도 몽골인들의 핏줄 속에 흐르고 있는가?

이곳의 건물과 동상은 2006년 몽골제국 800주년을 맞아 공사를 시작해서, 2010년에 완공하였다. 전설에 따르면, 이곳 천진벌덕 지역은 1179년에 칭기즈칸이 여러 부족을 통합하기 위해 지나가다가 황금 채찍을 발견한 곳이라고 하는데, 이후 칭기즈칸은 연전연승을 거뒀다고 한다. 1층의 박물관 내부 중앙에는 높이 9m, 너비 6m의 세계에서 가장 큰 칭기즈칸 장화 한 켤레가 전시되어 있다.

승합차에 오르기 직전이었다. 유튜브에서 그 옛날 독일 댄스그룹 칭기즈칸이 유행시켰던 노래 〈칭기즈칸〉을 골라 스피커에 연결했다. 뜬금없이 노래가 크게 울려 퍼지자, 주변 사람들의 시선이 우르르 몰려들었다. 그러나 상관없었다. 칭기즈칸 동상 앞에서 이 한 곡을 듣지 않고 떠난다면 얼마나 섭섭한 일일까? 마침내 어깨가 들썩거려졌다. 스텝이 절로 밟아졌다.

"Dsching, Dsching, Dschinghis Khan!
Dsching, Dsching, Dschinghis Khan!~~"

칭기즈칸을 주인공으로 다룬 영화로는 〈몽골〉이 대표적이다. 이 영화는 몽골·러시아·독일·카자흐스탄 등 4개국 합작으로, 2008년에 제80회 미국비평가협회상을 받았다. 아카데미상의 후보로도 오른 바 있다. 2011년 우리나라에 개봉되었는데, 사실에 바탕을 둔 영화의 줄거리는 다음과 같다.

노예로 팔린 '건방진 몽골 놈'이라는 조롱거리 테무친이 옥에서 조용히 자신의 인생을 회고하는 장면부터 영화가 시작한다. 어린 시절 테무친은 아버지 예수게이와 함께 부하들을 이끌고 친구의 부족으로 놀러간다. 여기에서 테무친은 장차 신부가 될 보르테를 만난다. 보르테는 정혼의 증표로 하얀 까마귀 뼈 하나를 테무친에게 건네준다.

돌아오던 길에 마침 휴식 중인 적들을 만났는데, 예수게이는 쉬고 있는 적을 공격할 수 없다며 음식을 교환한다. 그리고 적장이 준 우유 한 잔을 마신다. 예수게이는 독이 든 그 우유 한 잔 때문에 세상을 하직한다.

시신을 모시고 돌아온 테무친은 아버지의 정적들에게 모든 권력과 재산을 잃는다. 테무친은 몇 번이나 도망치지만 언제나 실패한다. 마침내 이리저리 떠돌던 테무친은 운명적으로 자무카를 만나 의형제를 맺는다.

그 후 테무친은 보르테를 찾아 신혼을 보내다가, 불행하게도 옛날 예수게이에게 테무친의 생모를 빼앗겼던 타타르족의 습격을 받는다. 테무친은 등에 화살 한 대를 맞는다. 보르테는 그들에게 잡혀간다.

테무친은 아내를 찾기 위해 의형제인 자무카에게 병력을 빌려 타타르를 공격한다. 찾아낸 아내의 뱃속에는 이미 타타르인의 아이가 자라는 중이었다. 이때 자무카의 몇몇 부하들은 테무친의 휘하에 들어오길 자청한다. 게다가 돌아오던 중 우연히 말 도둑 하나를 죽였는데, 그가 바로 자무카의 친동생이었다.

화가 난 자무카는 테무친을 사로잡아 노예로 판다. 그러던 어느 날 자포자기하고 있던 테무친 앞에 노승 하나가 나타난다. 노승은 머지않아 몽골이 타타르를 지배하리라 예언하면서, 조용히 테무친에게 부탁 하나를 한다. 그때

가 되면 절대로 수도원을 무너뜨리지 말라고. 이에 테무친은 노승에게 하얀 까마귀 뼈 하나를 보르테에게 전해달라고 청한다.

노승은 멀고도 험한 여행 도중 세상을 뜨고 만다. 그러나 운명적인 예감이 스쳤던 보르테는 그 스님을 찾아 시신에서 까마귀 뼈를 발견한 다음, 지나가던 상인에게 자신을 바칠 테니 테무친이 있는 곳까지 데려가 달라고 부탁한다. 그 여정에서 아이를 낳은 보르테는 드디어 테무친을 구출하고 함께 몽골로 되돌아간다.

테무친은 잔존 세력을 끌어모아, 이미 거대해진 자무카와 단판의 승부를 겨룬다. 이 전쟁에서 승리를 거둔 테무친은 칸이 되어 몽골을 통일하고, 세상의 절반을 차지한다.

칭기즈칸이 전 세계를 무대로 정복 활동에 나설 수 있던 요소로는 다음과 같은 점이 언급된다. 먼저 그는 철저한 능력 위주의 인사 정책을 썼다. 비록 미천하고 계급이 낮더라도 능력이 있으면 즉시 높은 벼슬로 진급시켰다. 설령 출신 계층과 계급이 높더라도 능력이 없으면 망설임 없이 강등시켰다. 아울러 그는 몽골족만을 고집하지 않았다. 이민족이라 하더라도 쓸만한 인재들은 꺼림 없이 받아들였으니, 개방적인 인사 정책을 구사한 것이었다.

전술적으로는 말 타는 능력을 가장 높게 평가했다. 이는 기동성이 뛰어난 군대를 유지하는 좋은 방책이었다. 그리고 곳곳을 떠다니는 상인들을 활용하여, 정확한 정보를 수시로 채집하였다. 나아가 기독교나 이슬람교 같은 다른 종교도 존중하는 한편, 정복의 대상으로 삼은 나라가 다종교 사회일 경우에는 특정한 종교를 지지하여 내분을 조성하기도 하였다. 또한 무武만을 숭상하지 않았으니, 외국의 기술자들까지 크게 우대하여 자국의 산업을 진흥시켰다. 그리고 야율초재耶律楚材와 같은 학자들의 힘을 크게 빌리기도 하였다. 아이러니하게도 칭기즈칸은 문맹文盲이었다고 한다.

다시 길을 나섰다. 어느새 우리나라 가요의 한 소절이 또 입에서 흘러나왔다. "가도 가도 끝이 없는~" 딱 여기까지였으니, 그다음은 영 이어지질 않았다. 가수는커녕 제목조차 떠오르지 않았다. 나중에 알고 보니, 이 노래는 그 옛날 손사향 씨가 불렀던 〈이별의 종착역〉이었다. 그 후 몇몇 가수들이 다시 부르기도 하였다.

그러나 이 구절이 절로 입에 붙은 건 차강 소브라가까지 460㎞에 달하는 질주 때문이었다. 초원은 참으로 가도 가도 한이 없었다. 야트막한 산봉우리 하나가 없었다. 변변한 마을 하나 역시 눈 씻고 찾아볼 수 없었다. 그저 푸른 풀밭만 무작정 반복될 뿐이었다.

우리는 가도 가도 끝이 없는, 풀밭밖에 없는 길을 11시간이나 탔다. 그런데 길이나 온전하던가? 왕복 2차선의 포장도로 또한 군데군데 꺼지고 갈라졌으니, 이를 피해 달리느라 곳곳에서 차마다 곡예 운행이 연이었다. 그러나 이때만 해도 몰랐다. 그 길이 몽골의 고속도로라는 사실을.

얼마쯤 갔을까? 공사를 위해 길을 막아놓았으니, 차들은 뽀얀 먼지를 일으키며 초원으로 들어갔다. 이리 울퉁, 저리 불퉁 차들은 들썩거리고 몸을 비틀었다. 가도 가도 한이 없는 길을 달리고 달렸다.

처음 몇 시간은 몽골의 초원을 몸으로 느껴본다고 스스로 위로하며 방목하는 짐승들을 더듬어보았다. 멀리 흰 점과 검은 점으로 박힌 양 떼와 염소 떼를 바라보았다. 누런 점으로 찍힌 소 떼와 말 떼를 짚어 보았다. 어쩌다가 다가오는 낙타 떼를 지켜보았다. 이들 때문에 우리가 탄 차들은 수시로 제동을 걸 수밖에 없었다.

중간중간 휴식을 취할 적마다 초원을 구성하는 식물들이 무엇인가 살펴보았다. 그런데 놀랍게도 이곳에서 주종을 이룬 식물 가운데 하나가 에델바이스였다. 은빛으로 빛나는 이 꽃은 고산 식물이니, 그 사촌 격에 해당하는 우리나라 특산종 솜다리꽃이 설악산과 한라산에서나 겨우 찾아지지 않던가? 그렇다면 에델바이스가 지천으로 피어난 화원을 걸어보는 행운 또한 어찌 잊을수 있을까? 에델바이스의 꽃말은 인내와 용기 또는 소중한 추억이다.

차에서 내려 뻐근해진 몸을 풀 즈음이었다. 어느 결에 두 팔이 절로 출렁거렸고, 두 다리가 절로 리듬을 탔다. 에델바이스 꽃들이 까르르 웃어대는 들판위에서 무반주의 춤사위 한 자락이 절로 펼쳐졌다. 정녕 맨발의 이사도라 던컨은 아닐지라도, 어찌 이 꽃밭에서 춤 한판을 못 출쏘냐? 마음 같아서는 아득한 지평선까지 있는 힘껏 달음질을 치고 싶었다.

풀잎 위로 풀무치가 뛰어다녔고, 나비 두 마리가 사뿐 날았다. 풀뿌리 사이에는 수많은 구멍이 입을 벌리고 있었으니, 들다람쥐들의 서식지였다. 바로 이들을 잡아먹기 위해 독수리나 매들이 그처럼 허공에서 맴을 돈 것이었다. 이곳의 들다람쥐들은 과연 무얼 먹고 살아가는가?

가도 가도 끝이 없는 허허벌판이 슬슬 물릴 무렵, 시선은 이제 하늘로 올라갔다. 맑고 푸른 하늘에 조각구름이 정처 없이 떠갔다. 이렇게 크고 너른 하늘을 본 적이 몇 번이나 있었던가? 질리도록 길고 긴 시간 동안 이토록 광대무변한 하늘을 보았던 날이 있었던가? 지평선 너머까지 초록빛은 자꾸만 스며들었고, 푸른 하늘은 흰 구름으로 동영상을 틀어놓았다.

도중에 만난 도시라고는 자그마한 고을 달란고비뿐이었다. 우리는 이곳에서 잠시 차를 세운 뒤, 아이스크림 하나씩으로 지겹고 고단한 마음 자락을 털어내고자 애썼다. 몽골의 아이스크림은 역시 맛났으니, 우리나라에서 판매하는 하겐다즈나 바세츠보다 훨씬 뛰어났다.

달란고비를 벗어난 차는 본격적으로 초원의 질주를 시작했다. 풀밭에 바퀴 자국으로만 식별되는, 그 길 아닌 길을 냅다 달렸다. 변변한 표지판 하나 정말 찾기 어려운, 그 길 없는 길을 마구 달렸다.

그런데 이게 또 무슨 일인가? 한 줄기 길이 어느 대목에서는 심지어 문어발처럼 갈래갈래 나뉘기도 했다. 빗물이 괸 구덩이나 물줄기를 피하고자, 앞서 간 차들이 초원 위에 새롭게 길을 내고 또 낸 결과였다. 행여 그 진창에 빠지면 그야말로 진퇴양난의 어려움에 빠지기 마련이라서, 차들은 길 위에다 다시 길을 내놓고 저마다 제 갈 길로 가버린 탓이었다.

차들은 한없이 들썩거렸고, 덜컹거렸다. 그러다가 결국 문제가 터졌으니, 차강 소브라가를 한 시간 정도 앞두고 길 아닌 길을 잃어버린 것이다. 내비게이션도 없고, 안내판도 없는 길에서 칭기즈칸의 후예 네 사람은 모두 갈피를 잡지 못했다. 그리하여 결국 30분가량을 헤맸으니, 서녘 하늘이 차츰 붉게 붉게 물들었다.

어쩌다 만난 외딴 게르에서 길을 묻고 방황하던 차들은 길 없는 길에서, 석양을 등지고 가도 가도 끝없는 양 달렸다. 그리하여 우여곡절을 거친 다음 '아시아의 그랜드 캐년'이라고 칭해지는 차강 소브라가에 당도했다. 마침 땅거미가 내려앉을 시간이었는지라, 이곳 구경 역시 하루를 미루는 수밖에 없었다.

어둠은 자꾸 우리를 재촉했으니, 컴컴해지고 나서야 가까스로 숙소에 들어설 수 있었다. 허기에 지친 일행들은 저마다의 게르에서 삼겹살을 구웠다. 이때 밧자가 상추 한 상자를 들고 왔다. 자신의 농장에서 재배한 것이라고 했다.

밧자의 설명에 따르면, 전통적으로 몽골 사람들은 육류 위주의 식사를 해왔는데, 근래에 들어 채소 섭취의 중요성을 인지하게 되었다고 한다. 그 때문에 울란바토르 근교에 채소 재배를 위한 비닐하우스가 잔뜩 들어섰다고 한다. 밧자 역시 그곳에 농장 하나를 소유하고 있단다.

어느새 어두워진 하늘에서 별들이 빛났다. 어느 틈엔가 별 하나가 내려다보며 물었다.

"아직도 잘 놀고 있는 게지?"

붉게 타는 저녁노을

하늘이 넓으면 넓을수록 저녁노을이 아름답다는 게 평소의 지론이었다. 그래서 평소 붉게 타는 노을이 그리울 때면, 우리나라에서도 김제 평야나 채석강 쪽으로 차를 몰곤 했다. 부안의 '마실길' 걷기도 일부러 오후 시간을 택하곤 했다. 라오스를 여행하던 중에는 다음과 같은 기록을 남기기도 하였다.

"이곳은 하늘이 아주 넓은 곳이다. 석양을 즐기기에 안성맞춤인 곳이다. 시간에 맞춰 서쪽의 세든강과 메콩강이 만나는 지점으로 갔다. 구름이 많았지만, 빛의 산란과 반사는 프랑스 화가 구스타프 쿠르베가 몇몇 그림에서 보여준 하늘을 연상시켰다. 넓고 큰 화폭에 담은 극사실화였다.

쿠르베는 '천사를 보여준다면 나는 천사도 그려낼 수 있다'라는 말을 남긴 화가였다. 문득 쿠르베를 소환해서 이곳의 하늘을 보여주고 싶었다. 그리고 아직 두 번이나 더 이곳의 석양을 바라볼 수 있다는 사실에 행복해했다. 앞으로 이틀 동안 저녁마다 강변에 나앉으리라."

그 후 1년 뒤 스리랑카의 수도 콜롬보의 해변에서도 그곳의 석양에 넋을 잃은 적이 있다. 망망대해 인도양의 바닷물 위에 화르르 내려앉아 불바다를 이루던 석양을 지켜보지 않았던가? 시뻘건 화염이 그야말로 물불을 가리지 않고 온 세상을 물들였으니, 열대의 석양은 참으로 열대의 석양답게 아주 뜨거웠다. 게다가 음영을 이룬 야자수까지 한 몫을 거들었으니, 이국의 정취가 덤으로 보태지지 않았던가?

그러나 몽골의 석양도 결코 이들에게 질 일이 없다. 아니, 단연 으뜸이라 하리라. 뭉게구름 하얗게 일던 몽골의 푸른 하늘이 저녁을 맞이하면, 헤아릴 수 없이 많은 쿠르베가 일시에 등장해서 그 너른 화폭을 붉고 노란빛으로 채운다. 그들은 서로 질세라 화폭을 탐하면서 저마다의 솜씨를 곳곳에서 내보이니, 크고 작은 붓질이 지나가 자리는 점점 천의무봉의 그림이자, 동영상이 되고 만다.

몽골의 석양이 단연 으뜸인 까닭은 무엇보다도 강변이나 해변이 아닌 초원이나 광야에서 만날 수 있기 때문이다. 데칼코마니로 복제하는 물빛의 효과를 단연 거절하고, 오로지 석양만이 홀로 그려내는 장엄하고도 숭고한 그림 아닌 그림이기 때문이다. 하루 종일 푸르디푸르던 몽골 하늘이 그 크고도 큰 무대에서 위대한 변신이자, 환술을 활짝 내보이기 때문이다.

참말로 몽골의 석양은 두 눈으로 직접 보지 않은 사람에게 입으로 말하기가 어렵다. 몽골의 석양은 그냥 한없이 아름답다고 말하는 수밖에 없다.

달란자드가드

율링암

차강 소브라가

©unsplash의 Daesun Kim

몽골유람 사흘째

차강 소브라가에서 욜링암까지

몽골유람 사흘째

이동구간: 차강 소브라가에서 욜링암까지
이동거리: 250km
소요시간: 6시간

차강 소브라가는 '하얀 불탑'이라는 뜻이라고 한다. 이 지역은 지질학적으로 바다가 융기한 고생대의 퇴적층으로, 히말라야의 융기에 크게 영향을 받은 땅이다. 그 바람에 네팔과 몽골 두 나라는 똑같이 척박한 토양을 지니게 되었다. 그렇지만 수백만 년 동안 바람에 깎인 기이한 경치를 다함께 물려받기도 했다.

이곳에 늘어선 벼랑의 평균 높이는 40m이며 높은 곳은 60m에 달한다고 한다. 전체 길이는 400m이다. 그리고 이곳은 바람이 거세다. 한여름에는 낮 기온이 30℃에 이르다가 밤에는 3~4℃까지 내려갈 만큼 일교차가 크단다.

우리는 이 거대한 조각 위에 올랐다. 골짜기를 넘보는 외줄기 낭떠러지의 평평한 능선 위에서 자연이 내려준 거대한 선물을 냉큼 받았다. 그 감사한 마음이 어찌나 컸던지 슬그머니 오금마저 저렸다. 미국의 그랜드 캐년을 아직

가보진 못했지만, 이곳은 그곳을 본떠 만든 커다란 미니어처란 말인가? 미천한 경험으로 미룬다면, 이곳은 네팔의 무스탕 계곡을 빚어내려고 조물주가 미리 연습했던 작업장 아니었을까?

아무렴 좋았다. 황홀했다. 일행들은 저마다 환호성을 내질렀다.

아래쪽 한 귀퉁이에서 차를 세워두고 텐트를 친 사람들이 내려다보였다. 우와! 저곳에서 올려다보는 시선은 또 어떨까? 그러나 그들을 향한 부러움은 잠깐이었다. 어제 저 아래로 차를 끌고 내려갔다가 돌아왔다는 우리나라 관광객의 말을 듣자니, 그들은 그곳에서 차가 진흙탕에 쑤셔 박히는 바람에 이를 꺼내느라고 다섯 시간 동안이나 고생했다고 한다.

　차강 소브라가의 상단부는 마치 운동장처럼 널찍하고도 평탄했다. 하단부는 수많은 손과 손이 이 펑퍼짐한 능선을 떠받드는 형상이었다.

　문득 이곳에다 아주 큰 멍석 한 장을 깔아놓고 몽골 전통의 씨름판을 벌여 봤으면 좋겠다는 생각이 들었다. 실제로 몽골 씨름은 지난날의 우리네처럼 경기장이 따로 없다고 한다. 맨땅이든 초원이든 장소를 가리지 않는다고 한다. 두 선수가 마주 붙는 공간이 바로 씨름판이라는 것이다.

　상상은 상상을 낳는 법이니, 어느 순간 전설의 몽골 씨름왕 파림巴林이 절벽 끝에서 보무도 당당하게 중앙으로 걸어 나왔다. 그러자 화려하고도 웅장한 씨름판의 노래가 울려 퍼졌다.

장사여, 날아라!

장사여, 날아라!

칠 발리에서부터 춤추듯이 와서

산과 대지를 진동시키누나

팔 발리에서부터 덩실덩실 와서

산천을 떨도록 밟누나

앞태를 보노라니

마치 한 마리 용맹스러운 표범 같고

뒤태를 보노라니

마치 한 마리 수사자와 같구나

그대는 맹호 같은 힘이 있고

그대는 수사자와 같은 몸매가 있구나

아, 씨름 선수들의 기교는 너무도 놀라워라!

노래 속에 두 번 나오는 발리勃里라는 말은 몽골 사람들이 쓰는 거리 단위이다. 그리고 이곳에서는 씨름을 '부흐'라고 일컫는다. 파림에 관한 전설은 다음과 같은데, 치열한 승부욕이 담겼다.

조주목심왕鳥珠穆沁王 때의 일이다. 왕은 50세 생일을 맞아 나담 축제를 개최했다. 그는 가장 강력한 우승 후보인 파림을 떨어뜨리기 위해 여러 가지 음모를 꾸몄지만 연달아 실패했다.

왕은 먼저 파림에게 경기 직전에 말하였다. 우승자에게 줄 금은보화를 한 수레 준비했으니, 즉시 궁궐로 달려가서 이를 가져오라는 명령이었다. 파림

은 30리나 떨어진 궁으로 달려가 한 수레 분량의 금은보화를 가져왔다. 너무
도 힘이 들어 눈이 핑핑 돌았지만, 왕은 물도 못 마시게 하고 궁궐 소속의 씨
름 선수와 대뜸 경기를 시켰다. 서민 출신이었던 파림은 왕의 흉계를 알아채
고 죽을힘을 다해 상대를 메어꽂았다.

왕은 하는 수 없이 파림에게 금은보화를 우승 상품으로 내주었다. 그러고
는 미친 수낙타 두 필을 풀어 파림을 해치도록 시도했지만, 파림은 달려드는
낙타들의 등뼈를 일격에 부러뜨렸다. 뜻을 이루지 못한 왕은 화가 솟구쳐 마
침내 포수를 시켜 파림을 살해하였다.

넉 대의 차는 차강 소브라가를 벗어나 다시 초원 위를 달렸다. 뽀얀 흙먼지
를 꽁무니에 달고 내달렸다. 어제 길을 잃었던 곳에 다다라 잠시 머뭇거렸으
나, 두 번의 실패는 없었다.

눈길이 멀리 지평선을 더듬었고, 구름을 따라갔다. 우리는 가도 가도 끝없는 길을 쫓는 노마드가 되었다. 변 선생은 절로 안구가 정화되는 느낌이라고 말했다. 단어로만 알던 그 말을 몸으로 깨친다고 덧붙였다. 덕분에 머릿속까지 말끔해졌다고 했다.

그러나 뭐니 뭐니 해도 실제 이곳 몽골 사람들의 시력만큼은 도저히 따라갈 수가 없다. 우리 기사들을 예로 들어보자. 어제는 이들이 먼 산 쪽을 손가락질하며 자기들끼리 무슨 말을 나누고 있었다. 무얼 얘기하나 궁금해서 눈을 비비고 그쪽을 살펴보았지만, 아무것도 발견할 수 없었다. 궁금해서 물어보니, 이들은 산자락에 둥지를 튼 새 이야기를 했다고 답하였다.

바퀴 자국으로만 뻗은 길을 한없이 따라갔다. 아무리 먼 곳까지 잘 내다볼 수 있다지만, 우리 기사들은 초원의 한 중앙에서 도대체 무얼 지형지물 삼아 목표지점으로 갈까? 그렇다면 그 옛날 조랑말을 타고 생면부지의 유럽까지 진출한 칭기즈칸의 푸른 군대들은 과연 어떻게 길을 찾아갔을까? 물론 별자리를 나침반으로 삼았겠지만, 이는 장시간의 장거리 여로에서 밤에만 쓰는 방법이 아닌가? 이동식 주택인 게르를 임시로 짓고, 이곳저곳 초지를 따라 떠다니는 유목민들의 몸에는 분명 방향을 가늠하는 감각과 거리감이 따로 존재하는 건 아닐까?

불현듯 드론 한 대를 띄워 우리네의 질주를 내려다보고 싶은 생각이 들었다. 넉 대의 차들이 푸른 초장 위를 앞서거니 뒤서거니 달리다가, 어느 순간 한두 대가 대열에서 벗어났다 다시 합쳐지는 그 먼지 뽀얀 질주를 조망하고픈 탓이었다.

가없는 풀밭에서 출현 빈도가 점점 높아진 동물은 다름 아닌 낙타였다. 낙타는 쌍봉이었는데, 이들은 단봉낙타보다 덩치가 더 크단다. 실제로 쌍봉낙타는 중앙아시아 지역에, 단봉낙타는 중동과 아프리카 지역에 따로 존재한다.

몽골의 낙타는 우리 역사 안에서 만부교사건萬夫橋事件으로 자취를 남기기도 했다. 만부교는 개성開城의 보정문保定門 안에 있는 다리였는데, 이 사건이 일어난 이후 만부교는 또 탁타교橐駝橋라는 이름을 하나 더 얻었다. 탁타는 낙타와 같은 말이다.

고려 태조 9년이던 서기 926년. 거란족이 세운 요遼나라가 발해渤海를 멸망시켰다. 그 후 요나라는 주변 나라들과 차츰 외교 관계를 맺어나갔는데, 942년 고려에 사신을 보내 낙타 50필을 바쳤다. 그러나 고려 조정에서는 이들이 바로 발해를 멸망시킨 무도한 나라라고 여겼다. 그리하여 몽골의 사신들을 섬으로 유배 보냈고, 낙타들은 모두 만부교 아래에서 굶겨 죽였다.

이 일로 인해 고려와 거란의 외교는 단절되었을 뿐만 아니라 적대적인 관계를 내내 유지하였다. 두 나라는 성종成宗과 현종顯宗이 재위하던 991년부터 1018년에 이르는 동안 세 차례의 전쟁을 치렀다. 그리고 1019년 마침내 화의를 맺었다.

지겨운 심정에서 몇 번인가 하품을 하고 몸을 뒤틀 무렵이었다. 차창 앞쪽으로 장중한 산맥의 흐름이 아련하게 나타났다. 그리고 얼마 후 몽골에서는 자못 크다고 할만한 도시 달란자드가드가 뒤이어 등장했다. 해발 1,465m에 열린 이 도시는 고르왕 사이항 국립공원의 거대한 산맥 아래 자리 잡았다. 따라서 고비 사막으로 드는 관문 역할을 하는 곳이다.

달란자드가드는 몽골의 가장 남쪽에 자리한 우문고비주의 주도이다. 그러나 공항을 지니고 있기에, 540㎞나 떨어진 수도 울란바토르에서 오히려 접근

하기가 쉽단다. 특히 이곳은 '한몽 그린벨트 프로젝트'로 우리에게 널리 알려졌으니, 봄날의 불청객인 황사현상을 근원적으로 막아내기 위해 일찍이 우리나라에서 몽골과의 협의를 통해 녹화사업을 진행해온 곳 아니던가?

차들이 잠시 멈춘 곳은 도시 입구에 우뚝 솟은 여문(閭門) 앞이었다. 문의 양쪽에는 낙타 모양의 조각상이 서 있었다. 그리고 그 왼쪽 바깥에는 세 여인의 조각상이 늘어섰다. 이 세 여인은 몽골의 역사 속에서 이름을 남긴 왕비들이라고 했다.

우리가 점심을 먹기 위해 찾아든 식당에서는 대략 스무 종류의 단품 요리가 나온다고 하였다. 우리는 각자의 취향에 맞추기로 했다. 무얼 고를까 망설이던 끝에 초이왕이라는 몽골식 볶음국수를 주문했다. 밀가루로 만든 넓적한 면에다가 잘게 썬 양고기와 감자·당근 등의 채소를 넣은 뒤, 한꺼번에 볶아낸 요리였다.

맞은편에 앉은 일행은 몽골식 볶음밥에 해당하는 보다태 호르가를 시켰다. 보다태 호르가는 초이왕과 똑같은 요리 방식인데, 면 대신 밥을 넣는 점 하나만 다르다고 한다. 우리는 이 음식을 서로 덜어주며 맛을 보았다. 예상대로 크게 거부감이 들지 않았다.

몽골의 음식점에 들어가 메뉴판을 보면, 통상 1번과 2번 음식으로 나뉘어 있다. 1번 음식들은 주로 수프나 탕으로 이루어졌고, 2번 음식은 국물 없는 요리가 주를 이룬다. 몽골 사람들은 국물 요리가 몸을 따뜻하게 만들고 건강하게 해준다고 믿는다.

이곳 사람들은 우리네보다 식사량이 많다. 눈짐작으로 미루어 우리보다 1.5배가량 되는 음식을 쉽게 먹어 치운다. 그래서일까? 몽골에는 배가 나온 남자들이 많은 편이다.

수태차 역시 이 식당에서 처음으로 맛을 보았다. 수태차는 이곳 사람들이 즐겨 마시는 음료이자, 손님에게 제일 먼저 대접하는 차이기도 하다. 찻잎을 끓인 물에 우유를 넣어 만드는데, 그 과정이 대체로 네팔의 짜이와 비슷하다. 수태차는 티베트 불교가 한창 들어오던 17세기부터 몽골 사람들이 널리 마셨다고 한다.

달란자드가드에서 서쪽으로 46㎞를 가면, 존 사이항 산맥 안에 독수리의 입이라는 뜻을 지닌 욜링암이 나온다. 해발 2,800m에 이르는 곳인데, 우문고비주의 9대 비경 중 하나이다. 이곳은 장엄한 바위 절벽 아래에 꽁꽁 언 얼음 덩어리가 여름까지 존재하는, 좁고도 그늘진 협곡으로 매우 유명하다. 양쪽 벼랑의 높이는 대략 200m에 달한다.

욜링암으로 가는 길도 몹시 비틀거리고 뒤뚱거렸다. 어찌나 길이 험한지 나중에는 숫제 엉덩이가 아팠다. 그렇지만 마침내 주차장에 다다랐다. 조랑말 한 필을 빌려 탔는데, 초등학생으로 보이는 아이가 말고삐를 잡았다.

기실 조랑말 타기는 첫 경험이었다. 물론 중국이나 네팔에서 몸집이 큰 말을 몇 번 타보기는 했다. 그때의 경험에 비추어보면 조랑말이 훨씬 안정적이라는 느낌이었다. 눈높이가 낮아진 것도 큰 이유가 되겠지만, 몸에 착 붙는 느낌부터 달랐다.

아무렴 몽골인들에게 말은 불가분의 관계이니, 말과 관련한 신화 역시 없을 수 없다. 다음은 몽골 사람들이 마신馬神으로 추앙하는 자하치와 관련한 신화다.

옛날 말을 잘 다루고 부지런하며, 열정적인 성품을 지닌 자하치란 노인이 있었다. 노인은 오랫동안 앓아누웠지만 한사코 죽음을 부정했다. 말 떼와 헤어지기가 싫었기 때문이었다. 그때 부족장이 찾아와 병석의 노인을 만났다. 이때 자하치가 부족장에게 유언을 남겼다.

"내가 죽거든 평소 내가 말먹일 때 입었던 옷을 입히고, 손목에는 말의 홀매는 것을 매고, 노란색 말에다 태워 서남산으로 보내라. 매장할 때는 몸을 월품뱀베이산에 눕히고, 눈은 아라단핀베이산 방향으로 향하게 해달라."

부족장이 유언대로 해주겠다고 답하자, 자하치 노인은 비로소 눈을 감았다. 몇 개월이 지나 부족장의 말 떼가 병이 났다. 부족장은 어떤 사람이 자신의 말 우리로 들어가서, 말들을 깊은 산중의 궁벽한 계곡으로 몰고 가는 모양을 보았다. 부족장은 자하치가 죽은 뒤 그 혼령이 안주하지 못해 밤마다 말을 몰아 산중으로 들어간다고 여겼다. 그리하여 몸소 산림으로 들어가 자하치의 혼령을 불러, 소가죽에 그의 얼굴을 그려 해마다 제사를 지내주겠노라고 약속했다. 그러자 어디선가 "그렇게 하면 내가 친히 말 떼를 볼 수 있겠군." 하는 소리가 들려왔다.

약속에 따라 부족장이 해마다 자하치에게 제사를 올리자, 변고는 더 이상 일어나지 않았다. 그리고 몇 년 뒤 자하치의 부인이 죽었는데, 이번에는 아기들이 돌림병을 앓았다. 부녀자들은 급히 그 부인의 모습을 양털로 만든 흰 천에 그려 제사를 지냈다. 그랬더니 아기들의 병이 씻은 듯이 다 낫는 게 아닌가?

이때부터 자하치 부부는 가축과 아기들의 수호신으로 모셔지게 되었다. 이후 몽골 사람들은 부부의 신상神像까지 따로 만들어 세상에 내보였다.

기암괴석으로 이루어진 욜링암 협곡은 어느 곳을 바라보아도 아름다웠다. 말 등에 올라 흔들거리며 사방을 둘러보는 재미 또한 무척 컸다.

말에서 내린 뒤, 계곡의 물살을 따라 흘러내렸다. 서늘한 바람이 계속 불어왔으니, 더위라곤 느낄 새가 없었다. 게다가 멋들어진 풍광까지 양쪽에서 거들었으니, 대장부의 몽골유람이 이만하면 풍족하고 행복했다. 휘파람을 길게 한번 불고 싶은 욕구도 슬그머니 일었다.

마침내 예의 그 커다란 얼음덩어리를 만났다. 어떻게 이리도 크고 길쭉한 얼음이 한여름까지 녹지 않았을까? 자연의 신비는 과연 어디까지인가? 놀라운 마음이 쉽사리 가라앉지 않았다. 두 손으로 얼음을 쓰다듬어 보았다. 가슴까지 서늘해진 건 우정 얼음 탓만은 아니었다.

다시 물길을 쫓아 얼마쯤 내려갔을까? 한 떼의 몽골 사람들이 웅성거리는 곳이었다. 그들은 전방의 까마득한 비탈 한쪽을 가리키며 "Goat, goat!"라고 외쳤다. 한국에서 온 우리 일행들은 끝내 그 산양을 발견하지 못했지만, 몽골인들의 밝은 눈에 다시금 모두 경탄하고 말았다.

욜링암에는 야생 양·야생 염소·눈표범·영양·시라소니·담비·야생 고양이·다람쥐 등이 서식하는데, 몽골 정부로부터 뿐만 아니라 국제적으로 보호를 받고 있다고 한다. 욜링암은 유네스코 세계문화유산에 진작 등록되었다.

다시 인근의 게르로 찾아든 일행들은 이곳에서의 별구경을 꿈꾸었다. 그러나 9시가 되어야만 캄캄해진다기에, 우리는 삼삼오오 짝이 되어 술을 마시며 시간을 보냈다. 그리고 틈틈이 하늘을 우러렀다. 고맙게도 그사이에 구름이 활짝 개었으니, 별들이 차례로 얼굴을 내밀었다.

나는 조용히 타전했다.

"아직도 여전히 씩씩하게 노니는 중입니다. 이상!"

몽골몽골3

지금 이대로가

"지금 이대로가 좋다. 지금 이대로가 행복하다."

몽골 곳곳을 찾아다니며 저절로 되뇌었던 말이다. 정말 그랬다. "지금 이대로가 좋다. 지금 이대로가 행복하다."라는 말이 어느 순간 입에서 저절로 흘러나왔고, 유람 중에 내내 입에서 떠나질 않았다.

그 이유는 다름 아니라, 시골에서 자란 유년의 정서가 가슴 깊숙한 곳에 아주 커다랗게 자리 잡은 탓이리라. 그 정서를 바탕 삼아, 살아오는 내내 그 많은 추억을 쌓아 올린 탓이리라. 되돌아 보면 고교 시절 서울에 유학할 때도, 주말이면 시간이 허락하는 한 의정부와 안양, 때로는 부천까지 들길을 따라 무작정 발걸음을 떼지 않았던가? 어디 그때뿐이랴? 지금까지도 들길로 산길로 정처없이 싸돌아다니길 좋아하지 않는가?

아무렴 몽골을 여행하다 보면 행복을 느끼는 사람도 있고, 불편함을 호소하며 툴툴거리는 사람도 있다. 특히 도시 지향적인 성품을 지닌 사람들은 당연히 깨끗하지 못한 주거환경과 변변치

않은 음식에 불만을 토로하기 십상이다. 밤마다 제한적으로 공급되는 전기 사정부터, 집 밖에 방치되다시피 한 더러운 화장실은 물론 초원의 험한 길을 종일토록 달려야 한다는 어려움에 이르기까지, 몽골 여행은 참으로 지난하고 참아내기 힘든 게 사실이다.

그러나 세상에 대가를 치르지 않고 맞는 기쁨이 어디 있던가? 몽골에 가서 손때가 타지 않은 천혜의 자연환경을 즐기기 위해서는 수시로 닥쳐드는 불편함과 어려움을 기꺼이 스스로 감내해야 옳지 않겠는가?

사람은 모든 것을 내려놓을 때 가장 행복하다고 하였다. 게다가 몽골은 별을 보러 간다고 일컬을 만큼, 원시 자연으로의 회귀를 꿈꾸는 여행지로 유명세를 타는 곳 아니던가? 따라서 자연이 주는 그 절대적인 아름다움을 완미하기 위해서는 도심에서 누렸던 편리함과 안락함을 기꺼이 포기할 줄 알아야 한다. 그리하여 자연 속으로 깊숙이 동화될 때 비로소 몽골의 풍광은 더욱더 아름다워지고, 훨씬 더 큰 기쁨이 줄지어 찾아온다고 하리라.

그러다가 마침내 몽골 특유의 매력과 풍광에 홀리게 되면, 여행 중 어느 곳에서나 매 순간 다음과 같이 말할지도 모른다. "지금 이대로가 좋다, 지금 이대로가 행복하다."라고.

홍고린 엘스 ● ● 욜링암

몽골유람 나흘째

욜링암에서 홍고린 엘스까지

몽골유람 나흘째

이동구간: 욜링암에서 홍고린 엘스까지
이동거리: 300km
소요시간: 7시간

"밤이면 별들을 바라봐. 내 별은 너무 작아서 어디 있는지 지금 가르쳐 줄 수가 없지만, 오히려 그편이 더 좋아. 내 별은 아저씨에게는 여러 별 가운데 하나가 되는 거지. 그럼 아저씬 어느 별이든지 바라보는 게 즐겁게 될 테니까, 그 별들은 모두 아저씨 친구가 될 거야."

"사막이 아름다운 것은 그것이 어딘가에 우물을 감추고 있기 때문이야."

"'사람들은 어디에 있어? 사막에서는 조금 외롭구나…….'
'사람들 속에서도 외롭기는 마찬가지야.' 뱀이 말했다."

"나에게는 나의 장미꽃 한 송이가 수백 개의 다른 장미꽃보다 훨씬

중요해. 내가 그 꽃에 물을 주었으니까. 내가 그 꽃에 유리 덮개를 씌워주었으니까. 내가 바람막이로 그 꽃을 지켜 주었으니까. 내가 그 꽃을 위해 벌레들을 잡아 주었으니까. 그녀가 불평하거나, 자랑할 때도 나는 들어 주었으니까. 침묵할 때도 그녀를 나는 지켜봐 주었으니까."

아침에 일어나 푸른 머플러를 일부러 맸다. 고비 사막으로 가는 길이니, 비록 생텍쥐페리의 소설 『어린 왕자』에 나오는 어린 왕자는 아닐지라도, 방문 예정지가 사하라 사막은 아닐지라도, 주황색이 아니더라도 반드시 머플러 하나쯤은 매고 싶었기 때문이었다. 참고로 고비 사막이란 말에서 '고비'는 사막이라는 뜻이란다.

고비 사막으로 널리 알려진 홍고린 엘스로 가는 길도 쉽지 않았다. 홍고린 엘스는 주홍빛 언덕이란 뜻이다. 이 사구沙邱는 알타이산맥을 넘어온 모래바람이 이곳에다 먼저 모래부터 뿌려놓는 통에 만들어졌다고 한다. 그리고 바람 속의 그 미세먼지는 멀리 한반도까지 날아와 봄날의 황사현상을 낳는다.

이 사구의 폭은 5~12㎞, 길이는 180㎞ 이상이라고 한다. 가장 높은 곳은 300m에 달하기도 한단다. 지금도 바람이 센 날이면 쌓인 모래가 흘러내리면서 사그락거리는 소리가 나기에, 이곳 사람들은 노래하는 언덕이라고도 일컫는다.

점심은 짐비로 해결했다. 짐비는 고비 사막 남부 지역의 전통 건강식이란다. 얇게 민 밀가루 반죽에 양파와 감자·당근·무 등을 함께 찐 요리인데, 이또한 나쁘지 않았다.

포장도로를 따라 달리던 차들이 바얀달라이 마을을 지나 초원의 길 아닌길로 또 들어섰다. 넉 대의 차가 뿌연 먼지를 휘날리며 홍고린 계곡 안으로

달려갔다. 좌우로 긴 산자락이 끊임없이 이어졌다. 가깝게 다가든 오른쪽의 알타이산맥 아랫자락을 살펴보니, 안개나 먼지 같은 띠가 나직하게 둘려진 양하였다. 그렇지만 자세히 들여다 보니, 이는 가벼운 모래가 날아와 쌓여서 이어진 가느다란 사구였다.

도대체 사막은 언제쯤 도착하는가? 온몸이 뻑뻑하고 좀이 쑤실 무렵이었다. 왼쪽으로 아주 크고 우람해진 사구가 보이기 시작했다. 그리하여 조금만 더 가면 목적지에 도착하리라며 자신을 달랬지만, 초원의 꿀렁이는 질주는 쉽게 멈추지 않았다. 얼마 후 초지의 풀들이 시나브로 줄어들고, 멀리서 홍고린 엘스에 오르는 사람들이 까마득하게 시야로 들어왔다.

한낮이라 열사의 사막은 아주 뜨거웠다. 우리는 우선 게르 안에다 짐을 푼 다음 숨을 골랐다. 사구에 오르는 일은 해 질 무렵으로 일단 미루어두고, 먼저 낙타를 타기로 했다.

게르 옆에 낙타들이 모여있었다. 그 가운데 두 마리는 연인처럼 서로 마주 보며 마치 입맞춤이라도 하는 모양새였다. 가이드의 말에 따르면, 이들은 부모 자식이나 형제자매로 여겨진단다. 낙타는 다른 동물들과 달리 가족끼리 알아보고 이처럼 서로 아낀다고 한다.

낙타 타기 체험은 한 시간 정도 이루어졌다. 내내 무릎 꿇고 있던 낙타의 등으로 조심조심 올랐다. 주인의 명에 따라 낙타가 벌떡 일어서자, 순식간에 눈높이가 부쩍 높아졌다. 그렇지만 자세를 바로잡자 두려움은 금세 사라졌다. 드디어 낙타는 그 넓적한 발굽을 터벅터벅 내디뎠다. 바로 코앞에서 껌벅이는 낙타의 두 눈은 소처럼 순박하기 그지없었다.

낙타는 이따금 푸르르 푸르르 숨을 내쉬었다. 입으로는 무언가를 자꾸만 질겅거렸다. 그 걸음에 몸을 맡기자니, 어느 결에 멀리멀리 사막의 길을 떠나는 대상隊商의 심사가 미루어졌다. 낙타가 걸음을 내디딜 때마다 몸이 좌우로

흔들렸다. 옛날에 들었던 〈페르샤 왕자〉라는 노래가 생각났다. 허민이란 분이 불렀다.

노래 속의 페르샤 왕자는 사막을 건너 누굴 찾아가는가? 아라비아 공주를 찾아간다고 하지 않았던가? 짧은 시간이지만 우리는 별을 보고 길을 찾는 몽골의 왕자가 되었다. 아라비아 공주를 찾아가는 사막의 노마드가 되었다. 긴 바람 한 줄기가 보헤미안의 귓가를 스치고 지나갔다. 뜨거운 열기가 온몸을 적셨다. 다시 캠프로 돌아갔다. 뜨거운 태양이 싫었는가? 생뚱맞게도 고슴도치 한 마리가 게르로 찾아왔다. 사막의 진객이라고 해야 하나?

해가 설핏 기울 즈음, 꿈에 그리던 사구에 올랐다. 가이드 말로 정상까지 두 시간이 걸린다고 하였지만, 바라보는 눈길에 그리 높지 않았다. 과장 섞인 말처럼 들렸다. 그러나 이는 오판이었다. 미리 얘기하면, 사구에 오르는데 거의 1시간 30분가량 걸렸다.

힘들었다. 모래밭에 발이 푹푹 빠지는 것은 문제도 아니었다. 한 걸음을 내디디면 반걸음이 물러났으니, 나중에는 걸음이 천근만근 무거웠다. 한 번에 서른 걸음도 내딛지 못하고 주저앉기 일쑤였다. 빤히 바라다보이는데도 마냥 그 자리가 그 자리인 듯 싶었다. 두 손과 두 발을 이용해 엉금엉금 기어 올라

가는 사람도 꽤 많았다.

정상 언저리는 더욱 가팔랐지만, 그래도 올라갔다. 끝내 올라갔다. 일행 16명 가운데 6명만이 사구의 정상에 닿았다. 기사 중에는 터기와 상수가 합류했다. 다들 헉헉대기는 일반이었지만, 저마다 힘든 걸음 끝에 가까스로 얻은 기쁨을 뭐라고 표현할까?

정상만을 바라보며 오르던 도중, 영국에서 왔다는 아주머니 한 분과 몇 번인가 스쳤다. 다소 살이 찐 체구의 그녀는 마침내 정상까지 뒤미처 올라왔다. 우리의 축하 세례를 받은 그녀는 스물다섯 번의 걸음을 내디딜 적마다 쉬고 쉬면서, 천천히 아주 천천히 올라왔다고 담담하게 고백했다. 그녀의 이마에서 흘러내린 땀이 햇빛에 반짝거렸다.

　과연 어떻게 생겼을까? 내내 궁금했던 언덕의 뒤쪽은 커다랗고 둥근 타일로 모자이크를 해놓은 듯한 모래벌판이었다. 어느 결에 넓디넓은 그 누런 모래밭 두어 군데에서 외롭게 서 있는 낙타를 발견했다. 이곳에서 야생한다는 낙타들로 미루어졌다.

　사구에서 내려오는 길에 엉덩이 썰매를 탔다. 미리 들은 얘기가 있었기에 가만히 귀 기울이자니, 엉덩이 아래에서 우웅 웅 하는 소리가 났다. 사구가 우리를 대신해서 나지막하게 부는 휘파람 소리 같았다. 어서 빨리 초원이 되기를 염원하는 주문 닮은 울림이었다.

주차장에 이르러 사구 쪽을 돌아보았다. 서녘 하늘이 시뻘겋게 타오르기 시작했다. 사막이 차츰 체온을 낮추는 시간이었다. 그래, 페르샤 왕자는 해거름을 맞아 게르로 돌아간다지만, 아라비아 공주는 지금 어디로 가고 있는가?

밤늦도록 고비 사막 한가운데의 게르에 들어앉아 아이락을 마셨다. 만감이 교차하는 마당에서, 이곳의 막걸리라고 할 수 있는 아이락을 어찌 마시지 않을 수 있단 말인가?

ⓒ 한국저작권위원회

아이락은 말젖을 발효시켜 만들기에, 마유주라고도 부른다. 비타민C가 풍부하고, 몸 안의 노폐물을 정화하는 효능이 뛰어나다고 한다. 처음 섭취하는 사람은 설사 증상이 나타나기도 하는데, 이는 지방 함유량이 높은 원유를 소화하는 능력이 사람마다 다르기 때문이라고 한다. 아이락의 도수는 입으로 느낄 수 없을 정도로 약해서, 몽골의 아이들이 음료수처럼 마시기도 한단다.

중간에 잠시 게르 밖으로 나와 하늘을 우러러보았다. 부서지는 별빛에 순간 온몸의 구석구석 소름이 돋았다. 두어 해 전에 몽골을 먼저 찾았던 박남준 시인의 언급처럼 하늘에서 별 떼들이 질주하고 있기 때문이었다. 얼마 전 전주에서 시인과 만났을 때, 시인은 〈별 떼들이 질주하네〉라는 작품을 바로 이곳에서 지었다고 술회하지 않았던가?

"어쩌자고 저렇게 대책 없는 별들을 퍼부어 놓았을까

앉고 섰다 뒹굴며 함부로 누워 보았다

온갖 느림으로 밑도 끝도 없이 막무가내로 펼쳐지는 말과 양과

염소와 소와 낙타들의 대지

몽골의 하늘에 무단투기 집단방목으로 풀어놓은 별들은

그 슬픈 눈망울에 바다가 담겨 있다는

남고비사막의 고독한 여행자

쌍봉낙타들의 눈물인 줄도 모른다

누군가 저 별들 주머니에 잔뜩 넣어

지리산 자락 섬진강가 뿌려 달란다

그 별들 밤마다

게르의 문을 두드리던 사막의 바람을 부르며

시리고 푸른 몸을 씻으리라

강물은 그리하여 반짝일 것이다

밀려온다 쏟아진다 난무한다

은하 건너 별들의 저 어딘가에도

아이들은 풀밭에 누워

밤하늘을 우러를 것이다

폭죽을 쏘아 올릴 것이다

과녁이 되어 버렸다

가슴마다 화살이 되어 달려오는 별들은

왜 알고 있는 세상의 모든 탄사와

학습되지 않은 욕들을 자아내는가

드디어 칭기스 보드카 병이 쓰러진다

흔들린다 비틀거리며 춤춘다

초원의 바다 그 수평선으로부터

그늘 깊은 사구 너머 지평선까지

길을 잃은 별 떼들이 온밤을 마구 질주한다"

밤낮을 가리지 않고 아름다운 하늘을 언제 어디에서 보았던가? 다음은 몽골인들의 우주관을 보여주는 전설 한 꼭지이다.

옛날하고도 아주 오랜 옛날, 하늘과 땅 그리고 산과 물 등 아무것도 없던 시절에 옥황상제의 나이는 500살이었다. 그러다가 옥황상제의 나이가 1,000살이 되자 하늘과 땅이 쪼개지기 시작했다. 옥황상제는 천왕天王에게 하늘을 만들게 하고, 지왕地王에게 땅을 만들도록 하였다. 수왕水王에게는 물을 만들도록 하고, 산왕山王에게는 산을 만들도록 하였다. 그제야 비로소 하늘과 땅 그리고 산과 물이 존재하게 되었다. 하늘은 구름을 만들고 비를 내리는 일을 관장했으며, 땅은 만물의 생장을 관장했다. 산은 산림과 수목을 관장했고, 물은 생명체에게 물을 공급했다.

그러나 이때에도 해와 달이 없었으니, 옥황상제는 그의 아홉 번째 딸인 모란청모牡丹青姆를 세상에 내보냈다. 모란청모가 금 거울을 가지고 와 금 거울로 바닷물 위를 1,600번 갈자 바다가 맑아지기 시작했다. 2,600번 갈자 동쪽에서 밝게 빛나는 햇무리가 나타났다. 3,600번을 갈았을 때는 태양이 나타났다. 그다음에 모란청모가 은으로 만든 거울을 가지고 바닷물 위를 3,600번 갈자 달이 나타났다.

그리하여 태양이 앞서가고, 달이 그 뒤를 쫓아갔다. 태양이 곤륜산에 이르렀을 때 날이 밝았다. 달은 이때 곤륜산 뒤에 있었다. 마찬가지로 달이 곤륜산에 이르렀을 때 날이 어두워졌으니, 태양은 다시 곤륜산 북쪽에 있었다. 이처럼 해와 달은 그 이후로도 계속해서 곤륜산을 경계 삼아 서로 쫓아다녔다.

덧붙이자면 몽골의 땅덩어리는 크게 네 군데 지역으로 나뉜다. 서쪽은 알타이와 항가이라고 하는 큰 산맥이 지나가고, 남쪽은 바위와 모래로만 이루어진 고비 사막이다. 동쪽은 시야가 툭 터지는 초원 지대이고, 북쪽은 흡스골 호수와 삼림으로 이루어졌다.

이 가운데 알타이 지방과 히말라야 산지는 야생 동물들이 가축화된 장소로 추정된다고 한다. 그 결과 몽골의 서사시 가운데 목축의 기원 장소인 알타이를 찬미하는 노래가 오늘날까지 전해온다는 것이다. 다음은 〈알타이의 서사시〉이다.

깊은 계곡이 동물의 무리로 가득하다
우리의 사랑스러운 다섯 동물
우리의 땅 너는 고고하고 힘세다

풍요의 나라 알타이

내가 처녀림에 들어가면
붉은 사슴은 뛰논다
우리의 땅 너는 고고하고 힘세다
풍요의 나라 알타이

험한 절벽에 오르면
날쌘 표범과 산고양이 뛰논다
우리의 땅 너는 고고하고 힘세다
풍요의 나라 알타이

　우리는 지난날 우리말이 알타이어계에 속한다고 배웠다. 그러나 근래에 들어서는 고립어Language Isolate라는 설이 비중 있게 대두하였다. 이는 주변 종족들의 언어와 명확한 친족 관계가 밝혀지지 않은 말이라는 주장이다. 한국어와 가장 가까운 이웃 언어로 일본어를 들 수 있으며, 중앙아시아의 튀르크어, 시베리아의 니브흐어, 몽골의 몽골어 등 일부 공통점을 보이는 언어들이 존재한다고 한다. 그러나 이런 공통점은 특정 부분에 국한되고, 기본 어휘에서는 상당한 차이가 있어 어느 언어와도 같은 계통이라고 확정할 수 없다는 설명이다.

　그렇지만 혈연적으로는 떼려야 뗄 수 없다고 말할 수 있으니, 익히 알려진 몽골반蒙古斑이 뚜렷한 증거로 제시되기 때문이다. 몽골반은 신생아나 유아의 등 또는 궁둥이 등에 나타나는 청색의 반점이다. 몽골계 인종이 지닌 특징의 하나라는 점에서 붙여진 이름이다. 90~95%의 한국인·일본인·몽골인과 80~85%의 아메리카 원주민들에게 나타난다고 한다.

초원의 정복자 몽골인들. 그들이 철제 무기로 무장해서 초원을 누비게 된 유래에 관해서는 다음과 같은 전설이 따로 전한다.

『사집史集』의 기록에 의하면, 칭기즈칸이 태어나기 2,000년 전 북방에 몽골과 돌궐 부락이 있었다고 한다. 어느 날 두 부족 사이에 싸움이 벌어져, 몽골 부락에는 겨우 두 사람씩의 남녀만이 살아남았다고 한다.

그들은 마침내 험준한 얼구네쿤 산으로 들어갔다. 이 산은 모두 깎아지른 절벽으로 둘러싸였는데, 나무가 우거져 길을 막고 작은 오솔길 하나만 가까스로 난 곳이었다.

네 사람의 남녀는 서로 짝을 이뤄 부부가 되었으니, 몽골의 후손들은 다시 이 네 사람에게서 시작되었다. 그러나 자손들이 불어나자 땅은 점점 비좁게 여겨졌다. 그들은 마침내 산에서 벗어날 방도를 강구하였다. 그들은 맨 처음 산으로 들어왔던 길을 찾아보았지만, 오랜 세월 숲은 우거질 대로 우거져 결국 그 오솔길을 발견할 수 없었다. 그러나 뜻밖에 철광산을 발견하였다.

그들은 산에서 벗어나기 위해 나무를 베어 숯을 만들고, 암소와 말을 각각 70마리씩 잡아서 그 가죽으로 커다란 풍구를 만들었다. 그들은 힘을 합쳐 철광석에서 쇠가 녹아 흘러나올 때까지 계속 불을 땠다. 그들은 마침내 이 쇳물로 생활 도구와 무기를 제작했다. 그리고 다시 광활한 초원으로 나왔다.

몽골몽골4

맑은 수채화

몽골의 풍광을 그림에 비유한다면, 은은한 색감의 파스텔화나 수채화에서 크게 벗어나지 않는다. 단순한 먹빛의 묵화도 아니요, 짙은 빛깔을 지닌 크레파스화나 유화도 아니다. 포근하고 아늑한 색조를 띤 파스텔화 아니면 투명한 질감으로 그려낸 수채화다. 그리하여 몽골의 풍광은 더더욱 다정하게 다가든다.

한낮에 연두로 덮인 초원을 바라봐도, 멀어서 빛을 잃은 잿빛 산줄기를 바라봐도, 여백의 미 그득한 푸른 하늘을 바라봐도 시선은 늘 편안하다. 아침저녁으로 찾아드는 노을이나 무시로 닥쳐오는 먹장구름을 제외한다면, 몽골은 늘 아련함을 불러오는 파스텔화이자 수채화다.

그 하늘이 심심해서 이따금 독수리와 까마귀가 날고, 그 들판이 허전해서 양과 말이 뛰놀지 않던가? 새하얀 게르는 드문드문 사람이 산다는 신호이자, 말벗이 그리우니 어서 오라고 깜빡거리는 등대 불빛이다. 나아가 후련한 시선을 통해 몸 안에 채웠던 그 바쁜 피를 모두 쏟아내고, 다소 게으르다 싶은 여유와 자적으로 온몸을 다시 채우는 곳이 바로 몽골이다.

그리하여 몽골의 넉넉한 경치 안으로 들어간 사람들조차 모두가 그림이 되는 곳이오, 지겨울 정도로 한가함에 젖은 사람들이 자신도 모르게 부르르 몸을 떠는 곳도 몽골이다 심지어는 어쩌다 찾은 물줄기 하나에도 신에게 영광을 돌리는 겸손한 곳이 바로 몽골이다.

몽골은 유람객으로 떠도는 우리에게 틈나는 대로 은은한 파스텔화를 아낌없이 그려주고, 맑은 수채화를 통째로 꺼내주는 나라다. 그 결과 몽골은 잔잔한 감동을 담은 애틋한 그림으로 우리의 가슴 속에 자리 잡지 않았던가?

옹기 사원

바얀작

홍고린 엘스

몽골유람 닷새째

홍고린 엘스에서 옹기 사원까지

몽골유람 닷새째

이동구간: 홍고린 엘스에서 옹기 사원까지
이동거리: 380km
소요시간: 8시간

　오늘의 일정은 바얀작을 거쳐 옹기 사원까지 약 380㎞였다. 무려 8시간에 걸친 질주였다. 굳이 말하자면, 그야말로 몽골판 〈매드 맥스〉라는 영화를 무작정 찍는 기분이었다고 할까?

　차들은 달렸다. 고비 사막에서 벗어나기 위해 발버둥을 쳤다. 누런 먼지를 꼬리에 달고 초원을 누볐다. 미친 질주라는 말도 결코 과장이 아니었다. 길 없는 길을 바람 따라 달렸다.

　헝그리기즈 산자락을 벗어날 무렵 차를 세웠다. 산자락 한 곳에서 산양이 출현했기 때문이었다. 아, 야생의 삶은 이토록 척박한 곳에서도 이어지는가? 우리는 경이로운 눈길로 산양을 바라보았다. 동쪽 하늘 위에서 서너 마리의 매가 맴돌았다.

얼마 후 초원으로 들어선 차들이 이리 비틀거리고 저리 비틀거렸다. 매서운 채찍에 호되게 당한 말처럼 사납게 아주 사납게 돌진했다. 푸른 하늘의 구름도 기가 막혔는지, 가던 길을 멈추고 딱하다는 눈길로 우리를 굽어보았다. 달려드는 먼지 때문에 콧속이 매캐했다. 뜨내기의 숙명처럼 입안까지 지분거렸다.

그렇지만 갈 길은 가야 했다. 질주는 질주를 낳았고, 푸른 초지 위에 바퀴 자국으로 뻗은 길은 또 다른 길을 낳았다. 어쩌다 만나는 작은 물길과 웅덩이만이 우리를 우정 머뭇거리게 했다. 울퉁불퉁한 땅거죽은 그저 꺼릴 게 없었다.

가도 가도 끝없는 초원에서 마침내 초록의 들판이 슬슬 지겨워졌다. 소설가 이상李箱 선생 역시 「권태」라는 수필에서 "아, 이 들판은 어쩌라고 이렇게

한이 없이 늘어놓였을꼬? 어쩌자고 저렇게 똑같이 초록색 하나로 돼먹었
노?"라고 탄식하지 않았던가? 어쩌자고 저렇게 똑같이!

뜨거운 태양 아래 먼지 속을 뚫던 차가 바얀작 입구에 섰다. 몽골어로 '바
얀'은 많다는 뜻이고, '작'은 가시가 잔뜩 돋친 삭사울나무를 뜻한다. 그러나
일찍부터 '불타는 절벽'이라는 별명을 얻었듯이, 바얀작은 붉은 흙으로 이루
어진 낭떠러지 지역이다. 좀 더 정확하게 말하면 붉은 퇴적암이 빗물과 바람
에 깎여서 이루어진 곳이다. 특이하고도 절묘한 지세와 지형을 지닌 곳이다.
차강 소브라가와 얼핏 비슷한 인상을 풍기는 곳이기도 하다.

그러나 이곳이 세계적인 명성을 얻은 것은 공룡알 화석 때문이었다. 1922
년 미국의 탐험가 엔드류스가 이곳에서 공룡의 뼈는 물론 세계 처음으로 공
룡알의 화석을 무더기로 발견한 것이다. 이 일로 인해 공룡이 난생卵生이라는
학설도 세상에 널리 알려졌다.

그래서일까? 어찌 보면 바얀작은 거대한 몸집의 공룡들이 떼 지어 웅크린 형상이다. 제멋대로 포개 누운 공룡들의 등짝과 등짝 사이로 철제 계단이 구불구불 이어나갔으니, 관람객들의 편의를 위해서다. 우리는 계단을 이용해서 공룡들의 등뼈를 따라갔다. 장구한 세월 동안 꿈쩍도 하지 않고 엎드린 공룡들은 과연 언제나 그 긴 잠에서 깨어나, 광대무변의 저 푸른 풀밭을 성큼성큼 네 발로 뛰어다닐까? 이곳에도 뜨거운 바람이 불어왔다.

바얀작의 좌측과 우측은 모양새가 다소 달랐다. 좌측은 풍화작용으로 깎인 가파른 절벽의 형상을 가까이 볼 수 있고, 절벽 사이를 비집으며 내려갈 수도 있다. 우측은 탁 트인 광야와 바얀작의 절벽이 한데 어우러진 모습이었다. 그러나 바얀작이라는 이름을 낳은 삭사울나무는 주변에서 찾아보기 어려웠다. 급속한 사막화의 진행 탓에, 그 무성했던 삭사울나무가 대부분 고사했단다.

센 베노 몽골

가장 끝단에 서서 앞쪽을 내다보니, 불현듯 기시감이 들었다. 빗물이 빚어낸 작은 고랑을 수없이 몸통에 두른 언덕들이 저 멀리 드러누운 모습이었으니, 바로 네팔의 로만탕 계곡에서 질리도록 보았던 그 풍광에 그 형상 아니던가? 이토록 복사판 같은 경관이 네팔과 몽골 두 나라에 똑같이 남았으니, 모르긴 몰라도 바얀작과 로만탕 계곡은 화성火星의 표면과 아주 흡사하리라.

학술적으로 이야기하면, 약 1억 5천만 년 전의 일이라고 한다. 남쪽에서 히말라야산맥이 융기하였다. 이에 인도양의 습기가 더 이상 북쪽으로 올라가지 못했다. 게다가 몽골 땅의 지표가 더욱 높아졌다. 뒤이어 내륙호의 감소 현상이 일어나 한랭화를 크게 재촉하였다. 기존의 거대한 호수들이 차츰 말라붙고, 열대에 버금가던 삼림이 서서히 사라진 것이다. 이는 건조화 혹은 사막화란 말로 요약할 수 있으니, 마침내 5,500만 년 전부터 사바나와 스텝 기후가 이 지역에 나타나게 되었다. 그리고 마침내 오늘날의 몽골이 지닌 지형과 기후가 이루어졌다.

　붉은 언덕에서 한 시간 반가량 땀을 흘렸으니, 입구의 커피숍에 들어가 더운 몸을 식히기로 했다. 가게 안은 피서객 아닌 피서객으로 가득했다. 일행들의 선택은 너나없이 아이스 아메리카노였다.

　그늘에 나앉아 더위를 식히던 중 문득 막북漠北이란 단어가 뇌리를 스쳤다. 사막의 북쪽이라는 그 막연한 칭호. 우리가 지금 그 막북의 바얀작에서 한 자리를 차지하고 있는 것 아닌가? 막북이라, 천 년 전까지만 해도 누구 하나 이 땅을 차지하려는 사람이 없던 곳이었다. 수많은 유목민이 발길 따라 그저 뜬구름처럼 흘러와서 밀고 밀리며, 싸우고 쫓기며, 생존을 위해 서로 피 흘려가며 약탈과 살육을 자행하던 곳이었다.

　좀 더 자세히 얘기해보면, 유라시아 대륙의 심장부 몽골고원은 지리적으로 오르도스 근처의 만리장성에서부터 바이칼호 일대까지 남북으로 1,500㎞,

흥안령에서부터 저 멀리 발하시호까지 동서로 3,000㎞, 넓이로는 약 300만㎢에 이르는 고원지대다. 이 고원의 해발고도는 평균 1,600m로, 쉽게 말하면 우리나라의 설악산과 비슷한 높이다. 그리하여 3개월의 여름과 9개월의 겨울만 존재하는 땅이라고 말해도 괜찮다. 일교차가 극심해서 한여름에도 서리가 내리는 날이 있으며, 천둥과 번개가 몰려오는 날도 많다. 겨울에는 소꼬리가 떨어져 나갈 정도로 -40℃의 극심한 추위가 이어진단다.

바로 이곳에 오늘의 우리가 찾아와 멀고 먼 그 옛날의 공룡을 돌아보는 중이다. 유목민들처럼 흙먼지를 뒤집어쓰고서, 낙타 대신 차를 타고 찾아왔다. 저마다 저마다 차가운 음료를 하나씩 손에 들고……

네 대의 차에 다시 시동이 걸렸다. 가도 가도 끝이 없는 푸른 초원의 길은 마침내 우리가 탄 1호차를 지치도록 만들었다. 차량의 하부에 세로로 댄 축

하나가 부러진 것이다.

그러나 마침 우리네의 군郡에 해당하는 어느 솜이 목전에 있었으니, 천만의 다행이었다. 불행 중 다행이었다. 솜에 이를 때까지 차는 계속 뚝뚝 소리를 내며 아프다고 칭얼거렸다. 핸들을 잡은 밧자는 조심조심 차를 몰았다.

마을에 들어서서 모두 내린 뒤, 1호차를 부랴부랴 공업사로 보냈다. 우리는 남은 시간 동안 이곳저곳 두리번거리다가 어느 카페 하나를 찾아냈다. 그러고는 저마다 차가운 음료를 앞에다 두고, 뜨거운 숨을 다스렸다. 뻣뻣하게 굳은 몸을 폈다. 우두둑 우두둑하는 소리가 우리의 몸에서도 났다.

이윽고 수리를 마치고 돌아온 차가 일행들을 태웠다. 그러나 잠시 후 문제의 그 축이 다시 부러지고 말았으니, 1호차는 또 그 공업사로 찾아갔다. 그리고 시간을 아끼기 위해서 3호차와 4호차를 먼저 출발시켰다. 2호차만 1호차와 함께 출발하기 위해 기다리기로 했다.

한 시간을 다 채우기 전이었다. 튼튼하게 수리를 마친 차가 다시 달음질에 나섰다. 우리들의 이 행보에 기가 막혔는지, 풀밭 위의 부추꽃들이 군락을 이루고서 하얗게 뜬 얼굴을 내보였다. 그리하여 우리는 이따금 마주치는 소 떼와 양 떼를 오히려 고맙게 여겼다. 두 대의 차가 이들을 먼저 보내고자 번갈아 속도를 낮추고서, 잠시 잠시 머뭇거렸기 때문이었다.

우리는 달리고 또 달렸다. 그 옛날 낙타를 타고 이곳을 가로질렀던 대상들처럼. 그들도 이 허허벌판에서 지겹고 지겨우면 목 놓아 노래를 크게 크게 불렀으리라. 다음은 그 가운데 하나였음이 분명한 노래의 가사를 우리말로 옮긴 것이다.

"머나먼 길 걸어서

끝없는 사막과 자갈길을 걸어간다

나의 충실한 벗 낙타들이여

혹 위에 무거운 짐을 싣고

대단한 힘을 가진

나의 충실한 벗 낙타들이여

먼 길을 걷는 그대들과 함께 나도 나아간다

나는 초원을 생각한다

나의 충실한 벗 낙타들이여

그대들이 없었다면 내가 무엇을 할 수 있었으리오

그대들이 있음은 나의 행복

나의 충실한 벗 낙타들이여

우리는 걷는다 타향이나 고향의 산천을

돌과 모래도 넘고 넘어서

나의 충실한 벗 낙타들이여

아득한 길을 걸어가는 우리

여기에서 물건을 팔고

저기에서 물건을 사고

우리는 모두에게 나누어 준다

먹을 것과 입을 것을

나의 충실한 벗 낙타들이여"

중간에 밧자가 차를 세웠다. 그러고는 너무 피곤하니 잠깐만 쉬었다 가겠노라고 청하는 것이었다. 그렇지만 형편상 너무 늦게까지 뒤처질 수도 없는 노릇이었다. 논의 끝에 친구가 먼저 운전대를 잡았다. 뒤이어 민 교수와 나도 운전대를 번갈아 잡았다.

좋았다. 초원 위에서 직접 운전하는 재미도 썩 괜찮았다. 우리가 언제 이토록 광활한 오프 로드를 내달려 보겠는가? 물론 신경이 잔뜩 쓰였지만, 우리가 고비 사막 한가운데에서 직접 운전해 보는 경험을 언제 또 누리겠는가? 참말로 색다른 추억 하나가 뜻하지 않게 보태진 셈 아니던가? 노마드다운 질주 아니었던가?

　해가 설핏 기울 무렵 옹기 사원 인근의 캠프에 닿았다. 입구로 들어서며 바라보니, 앞산의 능선에 산양 두 마리가 서 있었다. 아하, 이곳에 야생의 산양들이 퍽 많은가 보다 여겨졌다.

　게르의 앞쪽으로 옹기강이 흘렀으니, 이 아니 반가울까? 우리가 몽골에 와서 그동안 이렇게 큰 물줄기를 마주한 적이 있었던가? 너무도 흐뭇한 마음에서 고교 동기 한 사람과 옷을 입은 채 그냥 물속으로 풍덩 뛰어들었다. 물은 다소 흐렸지만, 종일토록 뒤집어썼던 먼지들이 피로를 몰고 씻겨나갔다. 몽골에서 치른 첫 번째 입수였다.

　참고로 이야기하면, 몽골 사람들은 무척이나 물을 신성시한다. 기본적으로 물이 모든 사람에게 생명의 근원이기도 하거니와, 건조화와 사막화가 여전히 진행되는 과정에서 물은 쉽게 접하기 어려운 존재이기 때문이다. 따라서 그들은 물을 오염시키는 일을 상당히 꺼린다. 물가에서 대소변을 보거나, 식기를 닦는 일은 말 그대로 금물이다. 그들은 일상에서도 무척이나 물을 아껴 쓰는데, 겨우 한 바가지 남짓한 물로 머리를 감고 세수까지 끝낸다.

한바탕 시원스러운 미역을 마치고 게르로 돌아가 보니, 상수가 운전하는 3호차가 그제야 도착했다는 전갈이다. 경위를 물어보니, 이곳을 한 시간 정도 앞에 두고 3호차 홀로 다른 길로 들어섰다고 한다. 4호차 기사 터기는 이곳 지리를 잘 아는 상수가 어찌 길을 헤맬까 싶어 그다지 신경 쓰지 않았단다. 그 결과 상수가 운전하는 3호차만 길을 잃고서 한 시간가량 뒤늦게 도착한 것이다. 제멋대로 혼자서 길을 택한 상수는 교훈 아닌 교훈을 얻었다며 고개를 좌우로 크게 비틀었다.

저녁을 먹고 난 뒤 초원으로 나갔다. 땅거미가 내려앉는 고요한 시간을 홀로 갖고 싶은 탓이었다. 종일 차를 타고 달린 데다가 또 고장 난 차를 수리한답시고 수선을 떨었던 시간의 부스러기들을 몸에서 탈탈 털어내고 싶었기 때문이었다.

그토록 뜨겁던 태양은 열기를 잃어가고, 어둠은 시나브로 초원을 덮었다. 미처 지지 못한 잔광 속에서도 초원은 여전히 까마득했고, 바람이 풀밭 위를 내달렸다. 나그네 심사가 먹빛 밤하늘에 절로 물들었다.

한참을 그냥 초원 위에 홀로 서 있었다. 몽골의 초원과 밤은 고스란히 나그네의 차지가 되었다. 휘파람 한 자락을 마음 내키는 대로 길게 길게 불었다. 별들이 내게 무수히 떨어졌다.

비타민 나무

몽골에서 흔히 쓰이던 격언 가운데 "식물과 채소는 짐승이나 먹고, 사람은 고기를 먹는다."는 말이 있다. 그런데 여기서 말하는 채소는 다만 잎과 줄기 등을 가리키는 것이고, 당근이나 감자 같은 구근류의 채소는 몽골에서도 꽤 소비하는 편이다. 그렇다면, 이들은 채소류를 통해서 섭취해야 할 필수영양소나 무기질 등을 어떻게 보충하였을까?

몽골의 가게에 가보면 가장 많이 진열된 물품 가운데의 하나가 비타민 주스다. 길거리에서도 이 주스를 들고 다니는 몽골 사람들을 흔히 볼 수 있다. 마셔보면 맛도 괜찮은 편이고, 가격도 저렴하다.

그런데 이 주스는 과일로 만든 게 아니다. '비타민 나무'로 불리는 차차르간이라는 나무의 열매로 만드는데, 우리나라에서 자라는 산자나무 열매와 아주 흡사한 모양새다. 이 열매의 분말로 만든 차차르간 차는 중국의 티베트 지역에서도 많이 생산되는데, 티베트의 승려들이 건강을 지키기 위해 마신다고 한다.

차차르간 나무는 지구상 가장 오래된 나무로, 약 2억 년이 넘는 세월을 생존해 왔단다. 특히 제4빙하기와 간빙기를 거치면서 50℃의 폭염과 −50℃의 혹한에도 견뎌왔다고 한다. 그 과정에서 열악한 생존 환경을 버텨내기 위해 이 나무는 모든 천연 비타민을 위시해서, 30여 종의 플라보노이드와 20여 종의 아미노산 그리고 10여 종의 미량원소 및 불포화지방산·알칼로이드·스테로이드류·테르페노이드 등의 풍부한 영양소를 지니게 되었다고 한다. 한마디로, 200가지나 되는 항산화물질을 그득하게 품었다는 말이다. 그리하여 이 열매를 따 먹는 나라마다 '기적의 열매'나 '신이 내린 선물' 등으로 예찬한다고 한다.

비타민 나무와 관련한 이야기에서도 칭기즈칸은 빠지지 않는다. 인류 역사상 가장 큰 나라를 세웠던 칭기즈칸에게는 세 가지 보물이 있었다고 한다. 첫째는 잘 조직된 군대, 둘째는 엄격한 훈련, 그리고 마지막 셋째는 바로 비타민 나무였다고 한다.

다음은 비타민 나무의 발견과 관련한 전설이다.

칭기즈칸의 푸른 군대가 유라시아 대륙을 휩쓸 무렵이었다. 몽골의 군사 일부가 원정 중에 괴혈병으로 쓰러졌다. 괴혈병은 신선한 채소나 과일을 섭취하지 못해서 비타민 부족으로 생기는 병이다. 칭기즈칸 부대에서는 병든 병사들과 말을 돌볼 여력이 없었으니, 결국 지나가던 인근의 숲에서 자신들이 돌아올 때까지 편히 쉬라고 명했다.

얼마 후 전쟁에서 이기고 돌아오던 부대가 다시 그 숲을 찾았다. 그런데 이게 웬일인가? 사실상 버린 셈 쳤던 병사와 말들이 목숨을 잃기는커녕, 예전보다 더 건강한 모습으로 일행들을 맞는 게 아닌가? 이에 그들이 건강을 되찾은 이유를 조사해보니, 비결은 숲속의 나무에 열리는 주황색 작은 열매에 있었다.

괴혈병으로 거의 죽어가던 군사들은 식량이 다 떨어지자, 숲에서 이 열매를 따다가 허기를 채웠다. 그런데 이 열매를 입에 넣은 뒤 병사들은 기력을 되찾았고, 말들도 예와 다름없이 쌩쌩해졌던 것이었다. 일설에는 쿠빌라이칸이 80이 넘는 나이에도 말을 타고 활을 쏘며, 왕성한 활동을 벌였던 비결 역시 늘 복용하던 이 열매에 있었다고 한다. 그리고 봄날의 황사현상을 예방하기 위해 우리나라 산림청이 2007년부터 몽골의 고비 사막에서 시행해 온 녹화사업에도 이 비타민 나무가 당연히 끼었단다.

옹기 사원

후지르트

몽골유람 엿새째

옹기 사원에서 한 후지르트 리조트까지

몽골유람 엿새째

이동구간: 옹기 사원에서 한 후지르트 리조트까지
이동거리: 250km
소요시간: 5시간

캠프의 아침이 환하게 밝았다. 청명한 아침이 반가웠는가? 한 떼의 참새들이 강물 위로 포르르 날아갔다. 가슴이 팽팽해졌으니, 맑고 맑은 공기를 자신도 모르게 흠뻑 들이켠 탓이었다.

이곳의 캠프가 강가에 자리를 잡았다는 사실 하나만으로도 사람을 기분 좋게 만드는가? 일찌감치 잠자리에서 일어난 일행 몇몇은 강가를 맴도는 중이었다. 누군가의 게르에서는 커피 내음이 풍겨왔다.

그런데 이게 무슨 일인가? 게르 앞쪽 능선 위에 산양 두 마리가 여전히 서 있는 게 아닌가? 깜짝 놀라 자세히 살펴보니, 이들은 생명체가 아니었다. 조형물이었다. 아마도 이곳 캠프에서 이미지 조성을 위해 세워놓았나 보다.

옹기 사원은 게르의 위쪽으로 10분 남짓 걸어가면 된다. 작은 능선에 오르자, 사원이 한 눈에 들어왔다. 새로 지은 대웅전 한 채를 위시해서, 요사채와 관리소로 보이는 두어 채의 건물이 번듯하게 서 있었다. 나머지는 처참하게 파괴된 상태로 널찍한 공간에 남아있었다. 그저 폐허라는 말이 가장 적당한 몰골이었다.

전반적으로 보아, 흐르는 물줄기를 앞세우고 현무봉玄武峰을 등진 곳에 자리 잡은 터이다. 좌청룡左靑龍과 우백호右白虎도 둥글게 감쌌으니, 국세가 제법 크다. 다만 아쉽다면, 그 큰 국세에 견주어 전반적으로 지표의 흐름이 상당히 가파르다. 평탄하고 아늑한 공간이 예상보다 부족했다.

내디딘 걸음이 먼저 일주문에 닿았다. 커다란 몸통에 비해 상당히 가느다란 기둥이 버티고 있는 까닭에, 균형미가 떨어져 다소 불안하고 위태로운 형상이다. 그러나 수많은 수행자가 도를 닦던 장소임을 알리는 표상으로는 부족하지 않았다. 오히려 소박하다는 느낌이 들었으니, 이 또한 몽골의 전통이 낳은 산물 아니겠는가?

일주문을 통과해서 50m쯤 들어갔을까, 오른쪽 길가에 샘물 자리가 보인다. 그 앞쪽에는 종각으로 쓰였을 듯한 건물이 우뚝했다. 현무봉 한가운데에서 쏟아지듯 내려온 맥이 대웅전 자리를 열었고, 다시 슬쩍 솟구쳐 종각 자리를 만들어낸 모습이다. 전방을 내다보니 강물 건너 안산案山은 너무 멀고 불분명했다.

옹기 사원은 1660년에 창건된 거대 사원으로, 당시 몽골에서 가장 큰 수도원의 하나였다. 그리고 300년 동안 몽골 불교의 중심지 역할을 했던 곳이기도 하다. 지난날에는 옹기강을 중심으로 남과 북 두 곳에 사원 단지가 커다랗게 조성되었다고 한다. 전성기에는 서른 군데 이상의 절과 네 개의 불교대학이 설치되어, 하마 천 명이 넘는 승려들이 머물렀다고 한다. 그러나 건너편의 단지는 씻어낸 듯 사라졌고, 북쪽의 이 단지만 그저 폐허로 남았다.

1939년 '종교는 아편이다'라는 사회주의 이념의 구호 속에서 옹기 사원은 끝내 버티지 못했다. 당시 전국적으로 700개가 넘는 사원을 무너뜨리고, 지식인과 종교인 10만 명을 처단했다지 않던가? 이 과정에서 옹기 사원 역시 무지막지하게 파괴되고, 이곳에서 200명 이상의 승려가 목숨을 잃었다고 한다. 살아남은 승려들조차 승려라는 신분을 내던지고, 공산당에 입당했다고 한다. 바로 그 처참한 자취는 지금까지 고스란히 남아서 찾아온 사람들의 마음을 아리게 만들었다.

서러운 공간을 서성이다가 몇 사람의 한국인 관광객을 만났다. 다들 60대처럼 보이기에, 먼저 말을 걸었다.

"아니, 아주머니는 무얼 하려고 부추를 그렇게 많이 뜯으셨나요?"

머나먼 남의 땅에서 조국 사람을 만난 일이 반가웠나 보다. 세 사람의 아주머니가 다투어 말을 받았다.

"뭘 하긴요? 겉절이라도 해서 반찬 삼아야지요?"

"아니, 겉절이를 여기서 어떻게 만들어? 전이나 부쳐야지."

"에구, 전도 부치기 어려워! 그냥 고추장에다 생으로 찍어 먹어도 맛있을 거야."

차들이 사원을 떠나 들판으로 들어서자, 누런 먼지가 매캐하게 피어올랐다. 덜컹거리는 소리에 초원은 양쪽으로 갈라졌다. 내다보니 풀밭 위로 하얀색이 점점 덧씌워졌다. 초원을 뒤덮은 부추들이 하얀 꽃대를 피워 올린 탓이었다. 알싸한 냄새가 코를 찌르는 양하였다.

애초에 어르헝 폭포를 찾으려던 계획은 접기로 했다. 그사이 내린 비로 길이 미끄러워 접근이 매우 어렵다는 전갈 탓이었다. 아쉬운 마음도 컸지만, 일행들의 안전이 우선 아니던가?

어르헝 폭포는 낙차가 23m에 달하는, 몽골에서 가장 큰 폭포다. 약 2만 년 전에 화산 폭발로 만들어졌다고 한다.

날씨는 자글자글 끓어올랐다. 그래도 바람은 멈추지 않았다. 아, 몽골의 마른 바람은 언제나 멈추려나? 콧속이 말라서 간질거렸다. 친구에게 바셀린을 빌려 콧속에 발랐다.

노마드의 길은 풀밭 위에서 지침 없이 두 줄기 바퀴 자국으로 구불구불 뻗어나갔다. 그 길 아닌 길을 쫓아가던 1호차가 두 번째로 펑크가 났다. 그리하여 어느 솜에 들러 마침내 타이어를 교체했다.

다시 몽골판 〈매드 맥스〉 촬영이 재개되었다. 그런데 우리나라 영화 〈좋은 놈, 나쁜 놈, 이상한 놈〉의 촬영장으로도 쓰이는가? 오토바이 한 대가 바로 저쪽에서 뽀얗게 먼지를 피우며 달려갔다. 차 안에서는 이따금 작은 웅덩이를 미처 피하지 못할 때마다 아이쿠! 아이쿠! 하는 소리가 울려 퍼졌다. 차들도 화음을 맞춰 가르릉거렸다.

카라코롬으로 향하는 길목에서 초원의 몇몇 구역이 노랗게 빛났다. 얼핏 보아도 유채꽃이 분명했다. 풀빛도 아직 덜 올랐으니, 누런빛이 아직 버티는 중이었다. 북으로 향하는 길에서 봄은 이제야 움트고 있었다. 일행들은 우르르 유채꽃밭으로 내려가 사진을 찍었다.

이 대목에서 고원의 풀에 관해 통틀어 이야기해 보자. 몽골 고원에도 낯익은 풀들이 꽤 많았다. 에델바이스와 부추 외에도, 네팔의 고원에서 보았던 이름 모를 예의 그 향초와 자주색 환한 갈퀴나물이 가장 많이 나타났다. 그리고 억새가 줄을 잇기도 했으며, 붉은토끼풀과 보라색으로 꽃을 피운 꿀풀에다 구절초가 자주 눈에 띄었다. 노란 민들레도 이따금 찾아졌다. 강아지풀과 꽃잔디도 대공과 꽃송이를 내밀었다. 질경이 역시 빠지지 않았다. 아무렴 이들의 출현과 빈도는 지역마다 조금씩 달랐다. 곳곳의 지질과 기후 때문이리라.

미친 질주는 카라코롬 인근의 한 후지르트 리조트에서 비로소 끝났다. 아주 깔끔한 외관이 불쑥 얼굴을 내밀자, 일행들은 모두가 "이야!"하고 외쳤다. 모처럼 게르가 아닌 안락하고 포근한 호텔에서 마음껏 씻고 쉴 수 있다는 기대가 잔뜩 담긴 감탄이었다.

저녁 식사를 마치고 호텔 안의 정원 끝자락에 세워진 정자 위에서 술판이
벌어졌다. 일행 가운데 한 사람이 기념 삼아 한국에서부터 준비해 왔다는 포
도주 세 병이 순식간에 사라졌다. 맥주와 보드카가 그 뒤를 따랐다. 며칠 동안
의 길고 긴 질주와 긴장 속에 다들 지쳐 있었기에 체크 아웃마저 12시로 미루
어 놓았으니, 모두가 마음이 놓인 탓이었다.

40대 중반을 오르내리는 네 명의 몽골 기사들도 마찬가지 심정이었는가?
그들도 한쪽에서 술판을 벌였으니, 그들의 희희낙락거리는 소리가 우리 쪽에
까지 들려왔다. 어느 틈엔가 밧자가 내게 다가와서 자리를 함께하자고 청했다.

1호차 기사 밧자는 몽골 쪽의 책임자 역할을 겸했다. 그는 울란바토르 대학
을 졸업하고 우리나라의 경기대학에 유학했던 경력의 소유자였기에, 우리말
에 퍽 능통했다. 아들이 둘인데, 일본과 우리나라에서 각각 대학을 다닌다고

했다. 덩치가 좋은 그는 학창 시절에 몽골 씨름의 선수 생활을 했다고 한다.

밧자의 파트너인 2호차 기사 나와는 몽골 사람치고 다소 호리호리한 몸매의 소유자였다. 그는 눈에 띄지 않게 우리 일행들을 뒤에서 묵묵히 도왔으니, 모두가 그를 든든하게 여겼다. 그는 대학 시절 컴퓨터 디자인을 전공했다는데, 지금도 그 일을 하기도 한다. 그는 간단한 영어로만 의사 전달이 가능했다. 그 또한 아들이 둘 있는데, 하나는 미국에 유학 중이라고 했다.

3호차 기사 상수는 깔끔한 멋쟁이에다 허세가 등등한 인물이었다. 어깨부터 잔뜩 치켜세운 모습인데, 수다스럽고 유쾌하기 그지없었다. 예쁜 아내를 두었다고 일행들에게 틈틈이 사진을 보여주며 자랑했다. 한국에서 몇 년 취업한 경력이 있었으니, 우리말을 제법 했다. 본래의 이름은 알 수가 없는데, 한국에서 일할 적에 몽골 이름이 너무 어렵다며, 당시 한국인 사장이 상수라고 불렀단다.

상수의 파트너인 4호차 기사 터기는 덩치가 가장 컸다. 영어와 한국어를 모두 하지 못했지만, 평소의 행동거지로 보아 말이 없는 사내였다. 그는 상수와 무전기를 가지고 서로 연락을 했는데, 대부분 상수가 혼자서 떠드는 편이었다. 어쩌다가 그는 우리에게 마동석이라는 별명을 얻었는데, 일행들이 이따금 마동석! 하고 부를라치면 그는 하얀 치아를 드러내고 씨익 웃었다.

몽골 사람들의 이름은 상당히 긴 편이다. 그 옛날 '김수한무 거북이와 두루미…'라는 길고 긴 이름이 우리나라의 코미디 프로에 등장한 바가 있는데, 이들의 이름도 그런 식이었다. 밧자의 경우 대충 이야기하면 '어쩌고저쩌고 한참 하다가 밧자'라는 이름이었다. 그런데 이렇게 긴 이름을 다 부르기가 어려운 게 현실이라서, 평소에는 성씨인 밧자로 불린단다. 밧자의 긴 이름에는 사내답게 용맹하고 씩씩하며 부자로 무병장수하라는 등의 축원이 담겼다고 하였다.

분위기가 무르익자, 그들은 또 한국과 몽골이 형제의 나라라고 입을 모았다. 그렇다면 이런 주장은 왜 나올까? 먼저 몽골인과 우리 한국인은 서로 닮은 외형을 지녔다고 말할 수 있다.

그리고 몽골의 보이르 호숫가에 가면 석인상 한 기가 서 있다고 한다. 몽골 사람들은 이를 '고려왕의 초상'이라고 부른단다. 이때 고려는 고구려를 가리키니, 이 석인상이 바로 고주몽高朱蒙이란다. 그리고 고구려인들의 이주와 관련한 설화를 몽골에서 자주 찾아볼 수 있는데 다음에 소개하는 이야기가 그 가운데 하나이다.

옛날에 할한골 유역에 고구려 사람들이 살았다. 이 일대는 농경과 어로 그리고 수렵과 목축을 겸할 수 있는 곳이었다. 할한골은 만주로 향하는 길목이었기에, 수많은 민족이 거쳐 간 곳이기도 했다.

그런데 이곳 보이르 호숫가의 석인상을 경계로 동쪽에는 고구려 사람이, 서쪽에는 몽골 사람이 살았다. 두 종족 간에는 왕래가 잦아 혼맥을 맺기도 했다. 초원에서 오줌을 누다 만나면 몽골 여인들은 왼손을, 고구려 여인들은 오른손을 들어 우의를 표하기도 하였다. 고구려인들은 합한골에 성을 쌓기도 하였지만, 그들은 언젠가 이곳에서 떠나갔다고 한다.

몽골 사람들은 또 우리나라를 사돈의 나라라고 칭한다. 바로 이 사돈은 몽골어 '사둔'의 음역音譯이라는 설이 있다. 실로 고려와 원나라는 장인과 사위의 관계를 맺었을뿐더러, 많은 처자를 몽골로 시집을 보내기도 하였다. 그 결과 양국에서는 '고려양高麗樣'과 '몽고풍蒙古風'이란 말이 생겨날 정도로 서로 깊은 영향을 끼쳤다. 몽고풍의 대표적인 장신구로는 족두리를 들 수 있는데, 원나라에서 고려의 왕비에게 준 고고리가 족두리로 변했다고 한다.

족두리를 한 1940년의 신부 ⓒ 제주특별자치도청

제다가 안동 소주 역시 몽골군에 의해 전래 되었다고 한다. 원나라 간섭기에 고려와 원나라가 연합하여 두 차례 일본정벌을 시도하였는데, 1281년 2차 정벌 때 충렬왕忠烈王이 안동에 행궁을 설치하고 30여 일 머문 적이 있다. 이때 정벌에 실패하고 퇴각하던 원나라 군사들이 안동에 들렀다가 돌아가면서 소주 제조 방법을 남겼다고 한다.

다음은 몽골과 우리가 얼마나 가까웠는가를 보여주는 전설이다. 우리네 전설 〈선녀와 나무꾼〉과 같은 이야기 구조이다.

옛날하고도 아주 먼 옛날이다. 하늘에서 백조 세 마리가 내려와 바이칼호 숫가에서 옷을 벗고, 모두 젊은 여인이 되어 호수에 몸을 담았다. 이때 그 모습을 훔쳐보던 무당이 그녀들의 옷을 훔쳤다. 옷을 잃어버린 백조들은 도리 없이 무당과 결혼하여 11명의 아들을 두었다.

그러던 어느 날 무당이 내내 숨겨두었던 백조의 옷을 꺼내 보여주자, 그의 아내는 그 옷을 입고 게르의 연기 구멍을 통해 하늘나라로 돌아가 버렸다. 그 후 무당의 열한 번째 아들이 남쪽으로 내려와 지금의 한민족이 되었다고 한다.

술잔이 몇 순배 더 돌자, 밧자가 불쑥 몽골과 한국이 하나의 국가가 되면 어떻겠느냐 하는 질문을 던졌다. 분위기상 그들의 기대와 희망 섞인 질문을 단

박에 꺾어버릴 순 없었다. 그래서 이 문제는 쉽게 답할 수 있는 문제가 아니니, 우선 한국은 남북통일을 급선무로 삼아야 하지 않겠느냐고 얼버무렸다.

술자리를 끝내고 침소로 들었지만, 잠은 쉽게 찾아오지 않았다. 한국을 부러워하는, 그러나 이룰 수 없는 그들의 간절한 눈빛 때문이었다. 러시아와 중

국 그리고 북한이라는 사회주의 국가들에게 두루 포위당한 몽골의 지정학적인 위치를 생각해 보면, 전혀 실현 불가능한 꿈이 아니겠는가?

앞서 이야기하였듯이, 몽골과 네팔은 유사점이 많은 나라들이다. 그런데 이 두 나라는 내륙 국가라는 공통적인 약점 때문에, 이웃인 인도 그리고 중국과 러시아로부터 각각 알게 모르게 경제적인 수탈을 당하고 있는 게 현실이다.

항구 하나가 없어서 바닷길을 열 수 없기에, 네팔은 네팔대로 인도를 거쳐 수출입 업무를 행해야 한다. 이 과정에서 네팔은 인도로부터 일종의 수수료와 통행세를 뜯기는 중이다. 몽골도 똑같은 처지에서 슬프게도 한 걸음 더 나아가, 그 많은 지하자원을 국제 시세에 못 미치는 헐값으로 중국과 러시아에 넘기고 있는 형편이다. 그 대표적인 지하자원은 세계적으로 가장 수요가 높은 구리이다.

그러나 몽골과 네팔은 이웃한 나라들의 횡포를 뻔히 알면서도 감내하는 수밖에 없다. 만일 이들의 눈에 거슬린다면 뭍길은 물론 하늘길까지 폐쇄 당해서 철저하게 고립될 형편이기 때문이다. 이들은 뭍길과 하늘길에 기댄 관광 수입을 위해서라도, 국경을 맞댄 나라들의 눈치를 봐야만 한다. 몽골과 네팔 두 나라 모두 재정 가운데 관광 수입이 꽤나 크지 않던가?

아무리 생각해봐도 한국과 몽골의 병합은 결코 이루어질 수 없는 일이다. 신냉전체제로 들어선 세계 질서와 이념은 일단 차치해 두고서라도, 만만한 먹잇감인 몽골을 중국과 러시아가 쉽게 놓아줄 리 전연 없기 때문이다. 가련하지만 몽골 기사 네 사람이 동시에 꾸는 꿈 하나는 실로 '한여름 밤의 꿈'이라고 할까?

여몽 연합군의 일본정벌

우리나라도 한때는 몽골과 함께 일본정벌에 나선 일이 있다. 물론 원나라를 표방하던 몽골의 힘 앞에서 어쩔 수 없이 선택한 원정이었다. 고려와 몽골 연합군은 1274년과 1281년 두 차례에 걸쳐 일본 정벌을 기하였는데, 당시에 이르기까지 인류 역사상 가장 큰 해양 원정이었다.

세계제국을 건설한 몽골에서는 1266년부터 모두 여섯 차례에 걸쳐 사신을 보내 일본의 항복을 권하였다. 그러나 일본의 가마쿠라 막부에서는 몽골 군대가 수전水戰 경험은 물론 수군조차 없다는 사실을 알고, 그들의 권유를 줄곧 무시하였다.

1274년 드디어 1차 정벌이 시작되었다. 몽골 장수 홀돈忽敦과 고려 출신의 홍다구洪茶丘 등이 이끈 몽골군과 한군漢軍은 모두 25,000명이었다. 김방경金方慶 장군이 이끈 고려군은 8,000명이었는데, 여기에 뱃사공과 안내자 등 6천 7백 명이 더해졌다. 1274년 10월 3일. 오늘날의 마산, 곧 합포에서 출발한 여몽 연합군은 쓰시마섬對馬島을 장악한 뒤, 잇키섬一岐島을 점령하였다. 10월 19일에는 연합군이 하카다博多에 상륙하였다가 일시 퇴각하였다. 그런데 이날 밤 거센 폭풍이 몰아쳐 연합군 전함 가운데 상당수가 침몰하고, 나머지 전함들도 대부분 크게 파손되었다. 이때 전사한 연합군의 병사는 13,500여 명에 이르렀다고 한다.

여몽 연합군은 마침내 11월 6일 철수를 시작했다. 왜군들은 연합군에게 결정적인 타격을 입힌 태풍을 신의 바람 곧 신풍이라고 찬미했다. 이 신풍神風은 본래 음독音讀인 '신푸'로 읽었는데, 제2차 세계대전 때 다시 훈독訓讀인 '카미카제'로 읽기 시작했다.

1275년 쿠빌라이는 일본을 회유하기 위해 사신단을 다시 파견했지만, 일본의 막부는 이들을 모조리 살해하였다. 분노에 찬 쿠빌라이는 1280년 10월까지 10만 명에 달하는 원정군을 다시 조직했다. 고려에서는 전함 900척과 병사 10,000명에다 뱃사공 등 15,000명과 군량 11만 석을 준비하였다. 몽골군의 장수는 흔도忻都와 홍다구였고, 고려군의 장수는 역시 김방경이었다. 아울러 1차 원정 이후 몽골로 귀환하지 않고 고려나 요동遼東 땅에 주둔하고 있던 몽골군과 한군

이 동로군東路軍이란 이름으로 참전하였다.

연합군은 우선 쓰시마섬과 잇키섬을 장악한 뒤 규슈로 향했다. 그러나 이미 방비 태세를 갖춘 하카다만의 상륙은 쉽지 않았다. 아울러 병영 안에 전염병이 돌기 시작했고, 약속했던 원군도 도착하지 않았다. 엎친 데 덮친 격이라고 할까? 8월 1일에 또다시 불어 닥친 거대한 태풍으로 연합군은 크나 큰 피해를 보았다. 적어도 3,500여 척의 배들이 서로 충돌하거나 바위에 부딪혀서 대부분 침몰하거나 파도에 떠내려간 것이다. 이에 흔도와 범문호范文虎 등의 몽골 지휘관들은 모든 걸 포기하고 병사들까지 내버린 채 도망을 쳤다. 고려군은 대부분 배를 타고 탈출에 성공했으니, 26,989명 중 7,500여 명이 죽고 19,397명이 생환했다고 한다.

원정군은 8월 중순에 모두 합포로 철수하였다. 그 후 1294년 1월 쿠빌라이가 사망하자, 일본 정벌은 없던 일이 되고 말았다. 여몽 연합군의 두 차례에 걸친 일본 정벌은 이렇게 실패로 끝났으니, 가장 큰 이유는 두 번 다 휘몰아친 태풍 때문이었다.

그런데 제2차 세계대전 때 이 폭풍이 다시 역사의 전면에 떠올랐다. 바로 카미카제였다. 일군들의 항공기나 어뢰정 등을 이용한 자폭 테러 전술을 카미카제라고 부르는데, 그들은 이 테러 전술의 정당성을 강조하기 위해, 여몽 연합군의 일본 침공과 관련한 역사적인 사실을 빌려다가 왜곡한 것이었다. 카미카제는 전쟁사에 유례가 없는 무모한 공격 전술이었는데, 특히 오키나와의 방어를 위해서는 무려 1,000명이나 되는 인원들이 카미카제에 가담하기도 하였다고 한다.

카라코롬

후지르트

몽골유람 이레째

한 후지르트 리조트에서 카라코롬까지

몽골유람 이레째

이동구간: 한 후지르트 리조트에서 카라코롬까지
이동거리: 50km
소요시간: 1시간

늦은 출발이었다. 일행들은 오전 내내 게으름을 피웠다. 너나없이 모두가 편안하고 넉넉한 표정이었다. 여성 몇몇은 호텔 안에서 마사지를 받았고, 부지런한 사람들은 주변을 어슬렁거렸다. 봉긋 솟은 앞산에 다녀온 사람도 있었다. 며칠 동안 쫓기기만 하던 일정에서 벗어나, 잠시나마 한가하고 자유로운 시간을 만났기 때문이다.

네 사람의 기사들도 느긋한 표정이었다. 그들 또한 모처럼 부담 없이 술을 마신 뒤, 늦게까지 잠을 푹 잤기 때문이었다. 게다가 오늘은 포장도로를 따라 아주 짧게 50㎞를 달릴 일만 주어지지 않았던가? 그들의 기쁨은 역시 상수의 얼굴에서 가장 환하게 피어났다.

차들이 또 길을 열었다. 그런데 바깥 경치가 살금살금 달라지기 시작했다. 민둥하던 모습이 뾰족해지면서, 봉우리마다 바위를 내세웠다. 내내 보이지

앉던 나무들도 띄엄띄엄 나타났다. 그러나 그 변화는 조금씩 아주 조금씩 일어났다. 남쪽의 고비 사막에서 벗어나 드디어 북쪽 홉스골로 향하고 있다는 느낌이 짙어졌다.

한낮에 들른 식당에서 고릴태 슐을 먹었다. 고릴태 슐은 잘게 다진 양고기나 소고기에 다소 넓적한 면을 넣어 끓인 몽골식 칼국수다. 간은 소금으로만 한단다. 쫄깃함 없는 면발은 얼마간의 밀가루 냄새까지 풍겼다.

몽골족의 근원은 어디에서 나왔는지 콕 찍어서 말할 수 없다. 중앙아시아 초원을 누비던 여러 씨족과 부족이 이리저리 흩어져 다니던 중, 몽골이라는 부족이 역사서에 등장한 시기는 7세기이다. 그 후로도 그들의 역사는 중국의 사서史書에 간간이 짧게 언급되는 정도였다.

그런데 1206년 봄날의 일이다. 오논강의 근원지에서 몽골고원을 주거 공간으로 삼은 유목 부족들의 대표자 회의 코랄타이가 열렸다. 이날 예수게이 씨족장의 아들 테무친이 몽골 최고의 지휘자로 선출되었다. 그에게 칭기즈칸이라는 칭호가 부여되었으니, 이는 몽골제국 탄생의 서막이었다.

이때 한 부족장이 「푸른 호수의 서약」을 대표로 낭독하였다. 다음은 그 인용문이다.

"테무친이 칸이 된다면
우리는 수많은 적 앞에 초병으로 먼저 나아가
자색이 아름다운 처녀나 부인들을 약탈하여
오르도나 평민의 집인 게르를 약탈하여
모두 그대에게 바칠 것이며
다른 부족의 용모가 고운 처녀나 부인을 약탈하고
엉덩이가 잘생긴 거세마도 약탈하여
모두 그대에게 바칠 것이다
놀라 도망치는 짐승들을 사냥할 때
우리는 그것들을 잘 포위해서
모두 그대에게 몰아줄 것이다
초원에 사는 짐승들을 사냥할 때
그 뒷다리가 하나로 될 때까지
힘껏 눌러서 그대에게 바칠 것이다
전투할 때 우리가 그대의 명령을 듣지 않는다면
우리를 우리의 씨족으로부터 분리하여
우리의 검은 머리를 땅에 내던져라

평화로울 때 우리가 그대의 평화를 깨뜨린다면

우리를 우리의 가신들로부터

처자로부터 분리하여 죽음의 들판에 내버려라."

칭기즈칸이 죽은 1227년 몽골제국의 영역은 동으로 흥안령 산맥을 넘어 오늘날 중국의 동북 지방까지, 서로는 중앙아시아를 넘어 유럽까지, 남으로는 크림반도까지 크게 펼쳐졌다. 그의 아들 오코데이 칸은 다시 동으로 금金나라까지, 북으로는 남러시아까지 영토를 넓혀나갔다.

그런데 이 대목에서 의문점이 하나 든다. 그들은 그 먼 곳까지 가서 과연 무얼 먹고 전쟁에 임했을까? 중국의 『손자병법孫子兵法』에서는 싸우는 지역에서 군량을 해결하라고 했지만, 이는 농업경제 사회였던 중국 땅 안에서나 가능한 전략이다. 그렇지만 멀리 파미르고원을 넘어 중앙아시아의 사막지대를 건

넓던 몽골 전사들에게는 바로 '볼츠'라는 비상식량이 따로 있었다.

볼츠는 삶아서 말린 고기를 아주 곱게 부순 분말이다. 그들은 볼츠를 만든 뒤에, 양고기로 만든 가루는 말린 양의 위에 담았다. 소고기로 만든 가루는 말린 소의 방광에 담아 보관했다. 이 가루들이 품은 습기는 5~7%를 넘지 않았다고 하니, 아홉 번씩 삶고 말린 덕분이었다. 보존 기간은 2년이나 되었으며, 이 가루를 한 숟갈 떠서 물에 타면 한 끼 식사로 충분했다고 한다.

오코데이 칸은 금나라를 멸망시킨 다음 해 1235년에 오르혼 강변에다 하라호린 성을 쌓았다. 하라호린은 오늘날 영어식 발음인 카라코롬으로 세상에 널리 알려졌는데, 몽골어로는 검은 숲길이란 뜻이다. 오코데이 칸은 성안에 중국식의 만안궁萬安宮을 지었다. 당시 성안의 네 귀퉁이에는 물의 수호신이자, 장수의 상징인 거북이 석상을 세웠다고 한다.

몽골인들은 만안궁 앞에 다시 부속으로 상공업 구역을 마련하였다. 이에 중국과 이슬람제국으로부터 많은 섬유 제조 기술자와 상인들이 이어졌다. 나아가 하라호린과 중국 사이에 37개의 특별 역참驛站이 만들어졌다. 날마다 세계 여러 나라에서 식량과 술을 가득 실은 500량의 마차들이 이르렀다. 그리하여 하라호린은 몽골제국의 보급 기지이자, 상업의 중심지가 되었다.

그러나 오코데이 칸은 하라호린의 만안궁 안에만 머무르지 않았다. 계절마다 하라호린에서 반나절 혹은 여러 날 걸리는 곳에 마련한 대장전大帳殿에 머무르곤 하였다.

또 다른 기록에 따르면, 13세기 당시 하라호린은 도시 외곽을 장방형의 성벽으로 둘러쌌다고 한다. 동서로 2.5㎞, 남북으로 1.6㎞로, 넓이가 4㎢였다고 한다.

도시는 두 개의 구역으로 양분되었는데, 몽골 양식 위주로 건축한 궁궐 투멩암갈랑은 서북쪽에 터를 열었다. 궁궐은 64개의 기둥으로 세워졌는데, 그 안의 수많은 방은 모두 화려한 그림과 장식으로 꾸며졌다. 바닥에는 녹색의 에나멜을 칠한 석판을 깔았고, 지붕은 녹색과 붉은 색의 에나멜을 칠한 기와로 덮었다.

궁궐 주변에는 왕족과 장군 그리고 고관들의 저택이 늘어섰다. 이들의 저택 또한 여러 가지 건축 재료와 석재로 지어졌다. 더불어 화려한 색깔과 문양·조각품들로 각각 치장하였다.

하라호린의 대공사는 몽골인의 주도 아래, 돌궐·프랑스·헝가리·영국·러시아·페르시아·터키 등등의 많은 나라에서 온 건축가들의 도움을 받았다. 따라서 당시 팍스몽골리아의 수도 하라호린은 세계 최첨단의 건축물들로 그득그득 채워졌다.

이 대목에서 루브르크 출신의 수사였던 윌리엄이 남긴 『몽골 여행기』의 한 대목을 보도록 한다. 이를 통해 하라호린 초기의 천막 궁궐 안의 모습이 과연 어떻게 생겼는지도 미루어 볼 수 있기 때문이다.

"고난의 여행 끝에 저는 칭기즈칸의 손자 바토를 만날 수 있었습니다. 저는 그의 천막 궁전을 보고 깜짝 놀랐습니다. 마치 궁궐 자체가 커다란 도시처럼 보였습니다. 사람들은 서너 무리로 흩어져 살았습니다. 이스라엘 사람들처럼 자기들이 어디에다 천막을 쳐야 할지 잘 알고 있었고, 궁전 바로 옆에다 거주지를 정한 사람들은 계속 그곳에 살아야 했습니다. 그들은 천막 궁궐을 '오르도'라고 불렀습니다. 궁궐의 정남방에는 출입구가 있어서, 아무도 그곳에서는 살지 않았습니다.

병사들은 저를 오르도로 데려갔습니다. 저희는 천막의 한가운데까지 나아갔는데, 그들은 저희가 그때까지 누차 들어왔던 무릎을 꿇으라는 명령을 하지 않았습니다. 저희는 자비를 베푸시라는 말만 하고 가만히 있었습니다. 바토는 기다란 소파에 앉아있었습니다. 모든 물건에는 금박이 입혀 있었고, 그의 의자는 평지에서 세 개의 계단이 올라간 곳에 놓여 있었습니다.

바토의 옆에는 귀부인 하나가 앉아 있었습니다. 그의 오른쪽에는 남자들이, 왼쪽에는 여자와 남자들이 앉아 있었습니다. 왜냐하면 거기는 바토의 부인들 자리인데, 그곳의 자리가 마침 남아서 남자들이 대신 앉았기 때문이었습니다.

마유주가 담긴 금잔과 은잔들이 놓였고, 귀한 돌로 장식된 긴 의자 하나가 입구에 놓여 있었습니다. 바토는 저희를 천천히 바라보았고, 저희도 따라서 그렇게 했습니다. 그의 얼굴에는 빨간 점이 빽빽하게 나 있었습니다."

그러나 이제 호화롭고 번창했던 그 하라호린은 없다. 한때 모든 길은 로마로 통했듯이, 당시 모든 길을 한데 그러모으던 그 빛나는 하라호린은 영원히

사라졌다. 유적으로는 단 두 기의 거북이 석상만 남았으니, 이는 청나라의 강희제康熙帝가 철저하게 파괴한 결과다. 그러나 오늘날 하라호린은 역사적인 중요성을 새롭게 인정받아, 2004년에 도시 전체가 유네스코 세계문화유산에 등재되었다.

하라호린 시를 마주한 순간 말이 나오지 않았다. 한숨만 길게 이어졌다. 아, 하라호린 또한 인간의 세월 속으로 사라진 덧없는 꿈이었던가?

하라호린에는 단지 에르덴 조 사원만이 그 영욕의 그림자를 쓸쓸히 드리우는 중이었다. 사원은 에메랄드빛이 나는 108개의 사리탑으로 빙 둘렸다. 동서남북 사방으로 문이 났는데, 그 안쪽은 아주 크고도 넓었다. 세 동의 건물로 등장하는 사원의 앞쪽에는 스치기만 해도 독이 오른다는 독초들만 무성하게 자라고 있었다.

에르덴 조는 몽골어로 '백 가지 보물'이라는 뜻인데, 이곳은 몽골 최초의 사원으로 이름이 높다. 몽골의 전통 양식을 지닌 사원으로도 유명하다.

기록에 따르면, 불교는 이미 기원전부터 몽골에 유포되었다고 한다. 고대에 남겨놓은 몽골의 벽화들 내용 또한 이를 뒷받침 한다.

그런데 13세기에 들어 칭기즈칸의 손자 쿠빌라이 칸은 티베트를 점령하는 과정에서 라마 불교의 한 분파를 받아들여, 예로부터 지녀왔던 자신들의 민속신앙과 연결을 시켰다. 그 후 승려들은 특권 계층에 준하는 대접을 받았고 수많은 사원이 지어지기 시작했다. 사원들은 몽골 특유의 건축술에 인도와 티베트의 양식을 받아들여 지금의 모습을 지니게 되었다. 특히 초창기의 절에서는 수많은 건축가를 비롯하여 화가와 조각가를 양성하였다.

몽골 전역에 불교가 본격적으로 퍼진 시기는 16세기라고 한다. 이때부터 불교는 그들의 종교가 되었다. 지금도 국민의 절반 이상이 불교 신자인데, 실제로 방문해본 유목민의 게르 안에도 부처님이 경건하게 모셔 있었다.

에르덴 조 사원 또한 16세기에 칭기즈칸의 후손 아쁘다이 사잉 칸이 옛 궁궐 자리에다 이리저리 굴러다니던 옛 궁궐의 부재를 이용해서 짓기 시작했다고 한다. 1688년 오이야트 족과의 전쟁 때 해를 입기도 했지만, 1872년까지 62개의 법당과 500채 이상의 건물이 있었다고 한다. 당시 승려의 숫자는 1,500명을 웃돌았다고 한다. 그러나 1939년 공산당의 종교 박해로 폐허가 되었다가 뒷날 다시 중건되었다.

법당 세 곳을 둘러보니, 유년기·청년기·장년기의 모습을 한 부처가 각각 봉안되었다. 화려한 금칠이야 그렇다고 하더라도, 부처님의 상호와 체형은 인도나 태국 그리고 우리나라 등과 당연 달랐다. 이는 불교를 신봉했던 나라에서 나타나는 공통적인 현상이다. 각각의 민족이나 국가마다 그들이 가장 믿음직스럽고 인자하게 여기는 인물상을 오랜 세월에 걸쳐 부처의 얼굴에 천천히, 조금씩 덧씌운 결과다. 체형의 변모 역시 마찬가지 과정을 거쳤다.

박물관에는 탱화를 비롯해, 목제 조각이나 청동 제품이 상당량 전시 중이었다. 대부분 16~19세기의 작품이라는데, 그 보존과 관리에 조금은 더 세심한 손길을 요했다. 우리와 달리 붉은 자줏빛 장삼을 걸친 스님 두 분이 마당 앞으로 지나갔다.

　동쪽에 우뚝 솟은 사리탑은 몽골인들에게 위대한 승려로 칭송되는 잠마바자르 부친의 묘라고 한다. 그 앞쪽은 라브린 사원인데, 2006년까지 승가대학으로 사용되었다고 한다. 잠마바자르의 업적 가운데 가장 큰 것은 몽골의 전통 문자인 서영쁘의 창제다. 서영쁘의 첫 글자는 몽골의 국기 '소욤보'에 기본 문양으로 등장한다.

　주차장 주변은 골동품과 기념품 가게들로 빽빽했다. 그냥 지나칠까 하다가 목걸이 하나를 샀다. 칭기즈칸의 얼굴이 새겨진 은빛 목걸이였다. 내심 그 기상 하나쯤은 본받고 싶어서였을까? 한쪽에서는 독수리 한 마리를 횃대에 앉혀 놓았으니, 돈을 내고 독수리와 함께 사진을 찍으라는 상술이었다. 불볕더위로 땀이 줄줄 흐르기에 어느 가게로 들어가 아이스크림 몇 개를 사서 일행에게 돌렸다. 하라호린 땅에도 햇볕이 뜨거웠다.

다시 초원의 게르를 찾아갔다. 모두 식당으로 몰려가 예약해 둔 '머덕'을 기다렸다. 머덕이 도마 위에 올라오자, 일행들의 눈길이 일제히 모였다. 머덕은 불에 달군 돌을 이용해서 염소를 통째로 굽는 몽골의 유명한 전통 요리이다. 요리 방법은 먼저 피 한 방울 나오지 않게 염소를 잡아서 내장을 빼낸 다음, 그 안에다 미리 달구어 둔 돌을 집어넣어 익힌단다. 우리 식으로 말한다면 '통 염소 찜'이다. 물론 털은 미리 모두 태워 없애야 한다.

잘 익은 통 염소 한 마리가 식탁 위에 올라왔다. 일행들은 신기한 표정으로 주변을 둘러쌌다. 한가운데에 서서 칼을 잡은 사람은 나와였다. 나와는 먼저 배를 가른 다음 그 안에 넣어두었던 돌을 꺼내 자청하는 사람들에게 각각 하나씩 나누어주었다. 그들은 "아, 뜨거워!" 하면서 뜨거운 돌을 두 손에 번갈아 옮겨가며 식혔다. 이렇게 하면 재앙도 물러가고, 건강이 보장된단다. 구경하는 사람들도 모두 처음 마주하는 광경에 신기하다는 눈빛이었다.

마침내 염소가 본격적으로 해체되기 시작했으니, 등뼈를 따라 몸통이 양분되었다. 나와는 이를 다시 갈비와 등심 부위로 나눈 다음, 마침내 자잘하게 쪼개어 사람들의 식판에 골고루 나누어 주었다.

배당받은 고깃점을 입에 넣어보니, 껍질 부분은 상당히 질기면서도 고소했다. 갈비는 역시 부드러웠다. 나머지 부분도 다소 질겼다. 아무렴 일행들은 낯선 경험이자, 특식이라면서 별난 안주로 삼았다. 식탁마다 술잔 부딪히는 소리가 들려왔다.

밤이 되자 하늘이 흐려졌다. 구름이 무겁게 내려앉았다. 하늘과 땅이 구별되지 않는, 그야말로 깜깜하고 고요한 몽골의 밤이 게르로 찾아들었다. 문득 반딧불이 몇 마리쯤 날았으면 좋겠다는 생각이 들었다. 그러나 어쩌랴? 무겁고도 고요한 밤 역시 몽골의 경험인 것을.

푸른 늑대

황량하고 거친 몽골 초원의 최상위 포식자는 늑대다. 초원의 최강자라는 이름으로도 모자라 떼 지어 다니는 늑대들은 몽골 사람들에게 늘 용맹의 상징이자, 두려움의 대상이었다. 그래서일까? 늑대는 칭기즈칸의 가계를 중심으로 엮은 『몽골비사』에서 도 첫머리를 차지한다.

이 기록에 따르면, 하늘에서 생명을 얻은 푸른 늑대 버르테 치노가 아름다운 암사슴 코아 마랄을 아내로 맞아 가정을 이뤘다고 한다. 이들은 하도 넓어서 바다로 여겨지던 텡기스 호수를 건너와, 오논강 상류의 불칸산에 자리를 잡고 살았단다. 그 후 바트차강을 낳았으니, 그의 12대손이 바로 칭기즈칸이다.

아울러 『몽골원류』의 기록에도 푸른 늑대와 흰 사슴을 해쳐서는 안 된다는 구절이 나온다. 게다가 몽골족의 영웅 장가르가 황야에 버려졌을 때도 늑대가 젖을 먹여 살렸다는 전설이 전해오기도 한다. 아래에 소개하는 이야기는 당나라 말기를 배경으로 삼은 푸른 늑대에 관한 또 다른 전설이다. 이 전설에서는 몽골 사람들의 머릿속에 새겨진 푸른 늑대의 존재를 확인할 수 있다.

예로부터 소흥안령산맥에는 늑대가 많기로 소문났다. 그래서 만주와 몽골을 오갈 때마다 사람들은 언제나 늑대의 습격을 받았다. 이 지역은 초원지대로 이어졌기에, 늑대들은 늘 무리 지어 나타났다. 그런 까닭에 웬만한 대상들도 이들에게 변을 당하기 일쑤였다. 당나라 조정에서는 늑대들을 제거하기 위해 사냥에 뛰어난 병사들을 대거 파견했다. 그런데 이들은 본래의 임무였던 늑대 사냥은 제쳐둔 채, 그저 몽골 사람들에게 행패나 부리고 재물 약탈을 일삼았다.

당나라 말기에 일군의 산적이 나타났다. 그들은 몽골 사람들을 괴롭히던 당나라 군사들을 습격해서, 그들이 억지로 끌고 간 여인들과 약탈해 간 재물을 되찾아 오곤 하였다. 산적들은 푸른 색 옷을 입고 늑대 탈을 쓰고 나타났으니, 당나라 군사들은 이들을 진짜 늑대로 착각할 지경이었다. 또한 이들과 대적했던 당나라 병사들이 전멸했던 탓에, 이들의 존재를 자세히 알 수 없었다. 그 후 푸른 늑대라고 불렸던 산적들의 출몰 지역을 청랑산靑狼山이라고 불렀다.

어느 날 아버지 예수게이는 테무친과 함께 오온 강가의 목초지를 떠나 아내 웨룬의 씨족이 사는 곳으로 갔다. 아들 테무친의 약혼자를 골라야겠다고 작정했기 때문이었다. 이때 테무친의 나이는 아홉 살이었다. 예수게이는 테무친보다 한 살 위인 보르테라는 소녀와 약혼을 시키고, 관례에 따라 테무친을 약혼녀의 집에 묵도록 했다. 예수게이는 아들 테무친에게 "우리 조상은 푸른 늑대다. 두려움 없이 지내라."라고 말한 뒤, 혼자 집으로 돌아왔다.

지금도 몽골 남자들은 늑대를 행운의 상징이라고 여긴단다. 나아가 그들은 민간요법에 따라 늑대 창자를 먹어서 만성적인 소화 불량을 치료하고, 치질에 걸리면 치료를 위해 음식에다 늑대의 직장 가루를 뿌려서 먹는다고 한다. 독감으로 목이 붓게 되면 늑대의 간을 목에 붙여 가라앉힌다고 한다. 그러나 오늘날에도 늑대들이 떼 지어 다니면서 사람들이 애써 키우는 가축들을 밤마다 노리는 탓에, 몽골 사람들에게 저주와 기피의 대상이 되기도 한다. 그래서 겨울이 되면, 몽골의 유목민들은 가축을 탐하며 축사 주변을 맴도는 늑대를 몰래 사냥하기도 한다. 물론 위법인 줄 알면서도 피치 못해 행하는 일이란다.

늑대의 탐식과 잔인함에 관한 설화 한 편도 따로 전해온다.

태초에 조물주가 늑대에게 먹을 수 있는 것과 먹지 말아야 할 것을 정해줄 때, 양을 한 번에 천 마리까지 먹을 수 있도록 명하였다. 그러나 이 말을 제대로 알아듣지 못한 늑대는 천 마리의 양을 죽여야만 겨우 양 한 마리를 먹을 수 있다고 이해하였다. 그리하여 오늘날까지 늑대가 양떼들을 습격하면 수많은 양을 물어 죽이고 난 뒤에야, 딱 한 마리만을 뜯어먹는다고 한다.

그리고 늑대는 살아가는 동안 오직 한 마리의 암컷과 짝을 이룬다고 한다. 그러다가 짝을 잃게 되면 암컷을 그리워하며 달 밝은 밤마다 서럽게 울부짖는다고 한다.

쳉헤르

카로코롬

몽골유람 여드레째

카라코롬에서 쳉헤르 온천까지

몽골유람 여드레째

이동구간: 카라코롬에서 쳉헤르 온천까지
이동거리: 280km
소요시간: 5시간

쳉헤르 온천을 향해 달리는 도중이었다. 잠시 어느 한적한 도시를 방문했다. 달걀 2판과 필요한 물품을 더 사들이기 위해서였다. 처음에는 웬 달걀을 저렇게도 많이 사나 싶었는데, 나중에 보니 쳉헤르 온천장에서 쓸 일이 있었다.

시장에서 나와 잠깐 바라본 이곳의 마을 분위기 또한 기존에 거쳐 온 도시들과 다름없었다. 숫제 러시아의 한 귀퉁이 촌락 같은 느낌이었다. 낡고 허름해서 볼품없는 건물들도 그렇지만, 역시 키릴 문자 일색의 간판들 때문이었다.

몽골의 거리에 처음 들어서면, 뜨악하게 표기된 간판들이 가장 먼저 눈에 들어온다. 영어의 알파벳에다가 Ж·З·Л·Ф·Э·Ё 등과 같이 우리에게 매우 낯선 문자들이 혼용되었기 때문이다. 이는 사회주의 체제 당시 러시아를 통해 들어온 키릴 문자다. 몽골 문자는 찾아보기가 어려울 정도인데, 커다란 식당이나 건물에 장식이나 문양처럼 남아있을 따름이다.

 나아가 순수하게 영문 알파벳만 쓰인 것처럼 보이는 간판들도 처음에는 읽기가 아주 어려웠다. 예를 들면, BAHK과 ABTO·MAPKET 같은 표기는 영어의 BANK·AUTO·MARKET이란 뜻이었으니, 몇몇 키릴 문자의 음가_{音價}가 영어와는 전혀 달랐다. 순수하게 영문으로 표기된 것들은 SUPER MARKET이나 COFFEE SHOP 정도에 지나지 않았다. 그렇지만 이 또한 근래 영어권에서 조금씩 접근해오는 관광객들을 몽골인들이 의식하고 있다는 증거다.

13세기 아시아와 유럽 대국을 송두리째 거머쥐었던 칭기즈칸의 후예들이 어쩌다가 이런 꼴로 남았을까? 원나라의 패망 이후 그들은 한족漢族에게 합병되었다. 나중에는 그것도 모자라 허리가 동강 났으니, 중국과 소련이 각각 반쪽씩을 차지하지 않았던가? 그리하여 중국은 치밀한 계획하에 그 반쪽을 철저하게 동화 시켰다. 그 반쪽이 기존의 생활 방식을 모두 내던지고 외몽골과는 삶의 양상을 아예 다르게 바꾼 내몽골이다. 다음은 현재 몽골에서 사용 중인 키릴 문자이다.

А	Б	В	Г	Д	Е	⌫
Ё	Ж	З	И	Й	К	⇧
Л	М	Н	О	П	Р	␣
С	Т	У	Ф	Х	Ц	
Ч	Ш	Щ	Ъ	Ы	Ь	검색
Э	Ю	Я				

А	Б	В	Г	Ґ	Д	⌫
Е	Є	Ж	З	И	І	⇧
Ї	Й	К	Л	М	Н	␣
О	П	Р	С	Т	У	
Ф	Х	Ц	Ч	Ш	Щ	검색
Ю	Я	Ь				

거듭하는 이야기지만, 1912년 몽골의 영웅 담딘 수흐바타르는 소련의 세력을 등에 업고 중국으로부터 외몽골을 독립시켰다. 그러나 1923년 수흐바타르가 30세의 나이로 세상을 뜨자, 과격한 사회주의자들이 세상을 뒤집었다. 그들은 수도의 명칭을 '울가'에서 붉은 영웅이라는 뜻을 지닌 '울란바토르'로 바꿨다. 그리고 1930년대 후반기에 들어 지식인과 종교인을 무려 10만 명

이나 처단하였고, 700여 곳의 사찰을 무자비하게 파괴하였다. 이 과정에서
전통의 몽골 문자는 꼬리를 감추고, 러시아를 통해 들어온 키릴 문자가 슬그
머니 공식 표기 수단으로 등극하였다.

다시 길을 찾아 나선 차창으로 조랑말들이 떼 지어 나타났다. 우리나라 제
주도에서 익숙하게 보았던, 서양 말에 비해 덩치가 다소 작은 말들이다. 일설
에는 몽골어 '조로ᄆ리'가 변해서 조랑말이 되었다고 한다.

그리고 몽골의 석인상과 흡사한 제주의 돌하르방뿐만 아니라, 사원이나 궁
터에서 몇 번 만났던 해태상과 강강술래를 닮은 부르보토스흐하, 연자방아와
쟁기를 비롯해, 몽골에서 '주르'라고 불리는 조리 등등의 도구들은 한국과 몽
골의 유사성을 보여주는 증거들이다.

게다가 몽골에는 "몽골 사람들은 흰색으로 시작해서, 흰색으로 끝난다."라

는 속담이 전한다. 그리하여 우리도 그동안 하얀빛 일색의 게르에서 줄곧 머물지 않았던가? 그리고 하라호린의 신성한 엘데니 조 사원에서 보았듯이, 둥근 사리탑은 물론 이들을 이어놓은 벽 또한 하얀색으로만 칠해지지 않았던가?

몽골 사람들은 음식조차 백색 음식과 홍색 음식으로 나누는데, 백색 음식으로 두부와 유제품을 가장 먼저 꼽는단다. 의복 중에서도 가장 즐겨 입는 옷은 눈처럼 하얀 백색 가죽을 소재로 한 짧은 옷이라고 한다. 우리나라와 관련한 기록으로 보면, 고려를 지배했던 원나라의 고관들도 하얀 예복을 입었다고 한다. 그런데 우리 민족 역시 예로부터 백의민족을 표방하지 않았던가?

오늘의 현실로 보아도, 내몽골과 외몽골의 분단 또한 한반도와 크게 다르지 않다. 그렇다면 동질성과 유사성을 지닌 두 나라가 공동으로 겪고 있는 분단과 이질화는 과연 언제쯤 통일이라는 기쁨 속에서 치유될 수 있을까? 긴 한숨이 나왔으니, 파란 하늘에 높이 뜬 독수리 한 마리가 부쩍 외로워 보였다.

내 표정을 눈치챈 탓일까? 내내 운전만 하던 밧자가 몽골의 전통 악기인 마두금馬頭琴에 관한 전설을 들려줬다.

마두금을 처음 만든 사람은 17세기의 노래를 잘 부르던 목동 쑤허다. 일찍이 부모를 여읜 쑤허는 외조모 슬하에서 자랐다. 어느 날 쑤허는 길에서 버려진 망아지 한 마리를 주워 왔다. 망아지는 잘 자라나 늠름한 백마가 되었다. 백마는 이리떼들로부터 양들을 잘 지켰다.

경마대회가 열린 날이었다. 쑤허는 그날 백마를 타고 나가서 1등을 차지했다. 그런데 대회에 임석한 임금이 약속을 저버렸다. 1등을 한 기수와 공주를 결혼시키겠다고 부상을 내걸었지만, 쑤허가 가난뱅이 목동임을 알고 꺼린 것

이었다. 게다가 임금은 백마까지 빼앗아 갔다. 그날 밤 백마는 도성에서 탈출하다가 화살을 맞고, 마침내 쑤허의 집에 당도해서 숨을 거뒀다.

커다란 슬픔 앞에서 울고 울다 지쳐 쑤허는 잠이 들었다, 그런데 그의 꿈에 백마가 나타났다. 그리고 말했다.

"제 몸에서 나온 뼈와 힘줄로 거문고를 만드세요. 그리하면 우리는 영원히 함께 할 수 있을 거예요."

쑤허는 그 말에 따라 뼈와 꼬리의 힘줄을 가지고 지금의 마두금을 만들었다. 그리고 이를 연주할 때마다 백마를 타고 내달리던 황홀하고도 행복했던 추억과 백마를 죽음에 이르게 만든 왕에 관한 원한과 비통함을 되씹었다. 그러면 마두금은 한층 더 절묘한 음색으로 변해서 쑤허의 마음을 달래주었다고 한다.

몽골을 대표하는 악기 마두금은 그들의 말로 '모린호즈'라고 부른다. 목 부위에 말머리 모양의 장식을 하고, 그 아래에 두 개의 현絃을 맨 모양이다. 우리나라의 해금과 유사한 모양인데, 말총으로 제작한 활을 사용한다. 전설 때문인가? 전통적으로 마두금의 연주자는 남자로 한정한다고 한다.

몽골에는 가야금과 아주 흡사한 '야탁'이란 악기가 따로 있는데, 그 전승 여부는 불분명하다. 그런데 우리나라의 『삼국사기』에 따르면, 가야국의 가실왕嘉悉王이 가야금을 만든 다음 우륵于勒에게 명하여 12곡을 짓게 하였다고 한다. 우륵은 진흥왕眞興王 12년인 551년에 가야금을 신라에 전했다고 한다.

몽골에서는 야탁에 관해 재미있는 이야기 하나가 전해진다.

원나라 간섭 시기에 몽골의 관리 하나가 고려의 여인과 사랑에 빠졌다. 관리는 몽골로 돌아갈 때 그 여인을 데리고 갔다. 평소 가야금을 잘 타던 이 여인은 가야금을 가지고 몽골로 들어가, 이를 널리 전파했다고 한다. 그 뒤 어느 몽골 사람 하나가 다시 해금을 우리나라에 전했다고 한다.

밧자의 입에서 나온 이야기들 또한 한국과 몽골이 얼마나 가까운 관계를 지녔는가 예증하고 있었다. 차창 밖의 하늘에는 여전히 독수리 한 마리가 홀로 맴도는 중이었다.

산세들이 조금 더 뾰족해진 초원지대를 지나자, 나무들의 등장 빈도가 차츰 높아졌다. 어느새 길쭉하게 생긴 숲이 멀리 바라보였다. 바로 말로만 듣던 타미르 강변이었다.

    맑고 맑은 타미르강은 소리 없이 흐르는 중이었다. 이 색다른 풍광은 끝없
는 여로와 사나운 질주에 지친 열여섯 보헤미안의 심신을 달래기에 매우 충
분했다. 일행들은 둥치 큰 버드나무 아래를 찾아 삼삼오오 짝을 지었다. 다리
를 쭉 펴고 앉았다. 메말랐던 가슴에 물빛이 배고, 푸른 버드나무 가지에 고향
생각이 문득 일어났다. 눈빛조차 파래지는 시간이었다.

전설에 의하면, 해맑은 이 강물은 많은 사람의 사랑을 듬뿍 받았기에 타미르란 이름을 얻었는데, 타미르는 수정이라는 뜻이란다.

아직 거울이 없던 시절이다. 타미르라는 한 소녀가 날마다 이 강물에 찾아와 자신의 용모를 비춰보며 매만졌다. 어느 날 부자 하나가 그녀에게 결혼을 청했다. 소녀의 거절에 화가 난 부자는 강물을 크게 더럽혔다. 갑자기 흙탕이 된 물을 보고 놀란 소녀는 원인을 찾아내기 위해 강물로 뛰어들었다. 소녀는 끝내 목숨을 잃었다. 이에 주민들은 소녀의 넋을 기리기 위해, 강물 이름을 타미르로 고쳤다고 한다.

타미르 강가에서 마주한 점심은 양고기 스테이크였다. 예상 밖으로 양고기 특유의 누린내가 나지 않았으니, 아주 훌륭한 한 끼였다. 우리는 부른 배를 두드리며 꽤 긴 휴식을 누렸다. 한껏 기운을 차린 일행들은 다시 쳉헤르를 향해 달려갔다.

파란 하늘이 끝없이 펼쳐졌다. 초지를 건넌 넉 대의 차량은 꼬리를 물고, 어느새 숲길로 들어섰다. 산자락의 전나무들은 때를 만난 기쁨에 한껏 푸르렀다. 그런데 전나무를 마주한 순간 '휴식'이란 단어가 떠오른 것은 우연이 아니었다.

리즈 마빈이 지은 『나무처럼 살아간다』의 「휴식도 충실하게」를 보면, 전나무 같은 침엽수들은 쉬어야 할 때를 정확히 알고 있다고 한다. 그래서인지 모처럼 만난 전나무를 보자마자 우리의 호흡은 절로 부드러워졌다.

20세기 오스트리아의 화단을 대표하는 화가였던 에곤 실레는 「전나무 숲」이란 시에서 다음과 같이 읊었다.

"나는 전나무 숲의 두껍고 검붉은 동굴 속으로 들어간다

그들은 소리 없이 서로의 모습을 따라 하며 바라보고 있다

빽빽하게 들어선 나무줄기의 눈들이

눈에 보일 듯한 습기를 잡았다가 내쉰다

완벽하다!

모든 것이 살아있으면서 죽어있다"

몇 개의 고갯마루를 오르고 내렸던가? 하얗게 줄지은 게르들이 아련하게 바라보였다. 쳉헤르였다.

 쳉헤르는 아르항가이의 화산지대에 자리 잡은 온천장이다. 해발 1,800m
가 넘는 이곳에는 85~90℃의 물이 솟는다. 푸른 숲을 몸에 두른 쳉헤르 온천
은 말 그대로 한 폭의 그림이었다. 한껏 게으름을 피우며 마음대로 늘어지고
싶은 바로 그런 휴양지였다.

 짐을 푼 일행들은 누구랄 것도 없이 모두 노천탕으로 뛰어들었다. 온도를
달리 한 욕조가 서너 개 갖추어졌으니, 우리는 각자의 기분에 맞춰 이 욕조
저 욕조를 드나들었다. 따끈한 물속에서 몸이 풀어졌고, 마음 또한 절로 느긋
해졌다. 얼마를 즐겼을까? 찌들었던 몸과 마음이 날아갈 듯 개운하고, 여독은
종적도 없이 사라졌다.

 날이 서늘해질 무렵을 기다렸다. 우리는 두 판의 달걀을 풀어 각각 몇 개씩
지참한 다음, 온천수가 솟는 곳으로 찾아갔다. 전나무 아래로 뻗어 나간 오솔

길은 10분 남짓 걸렸지만, 모처럼 거니는 숲길은 우리를 더더욱 행복하게 만들었다. 앞쪽을 내다보자, 이곳에서도 역시 스위스의 풍광이 얼비쳤다. 입이 절로 벌어진 건 당연한 사실이었다.

온천수의 발원지는 초라하기 그지없었다. 그러나 우리는 달걀부터 뜨거운 물 속에 담갔다. 얼마를 기다렸을까? 달걀들이 둥둥 떠올랐다. 시험 삼아 하나를 까보니, 아직 반숙조차 되지 않았다.

20분 정도를 더 기다렸다가, 반숙 상태가 된 달걀을 꺼내먹었다. 맛이 훌륭해진 건 온천수에 깃든 풍부한 미네랄 덕이었다. 마침 몽골 아이 하나가 옆에서 부러운 시선으로 쳐다보기에 달걀 두 개를 건네주었다. 순간 순박한 얼굴에서 환한 웃음이 활짝 피어났다. 앞쪽으로 온천수를 분배하는 파이프들이 어지럽게 이어졌다.

쳉헤르 또한 별구경을 하기에 좋은 곳이라고 하였다. 그러나 마침 달님이 차올랐으니, 우리는 밝은 달빛 아래 또다시 온천수에 몸을 담근 채 하늘을 우러렀다. 그야말로 별과 달이 빛나는 밤이었다. 알퐁스 도데의 단편소설 「별」에서 나오는 스테파네트 아가씨가 어느 틈엔가 별에서 내려와 일행들의 어깨에 머리를 기대고 잠들었다.

"어머나! 별들도 결혼을 해?"

"그럼요."

그리고 별들의 결혼에 관해 설명하려고 했을 때였다. 나는 무엇인가 보드라운 것이 내 어깨에 살며시 얹히는 것을 느꼈다. 내게 살포시 기댄 것은 잠이 들어 묵직해진 아가씨의 머리였다. 리본과 레이스와

곱슬곱슬한 머리카락이 동시에 부드러운 감촉을 남겼다.

날이 밝아 하늘의 별들이 빛을 잃어 갔다. 그때까지 아가씨는 꼼짝도 하지 않고 그렇게 내 어깨에 머리를 기대고 앉아 있었다. 나는 잠든 아가씨의 모습을 바라보았다. 가슴이 조금 두근거렸지만 오직 아름다운 생각만을 보내 준 맑은 밤의 신성한 보호 속에서 꼬박 밤을 새웠다.

우리 주위에서는 별들이 양 떼처럼 말없이 평화로운 운행을 지속하고 있었다. 나는 저 많은 별 중에 가장 가냘프고 가장 빛나는 별 하나가 길을 잃고 내려와 내 어깨에 잠들어 있노라고 생각했다.

추억의 돌탑

어제도 어느 언덕 위에서 어워에 돌덩이 하나를 얹었다. 달리 이야기하면, 몽골 사람들의 그득한 소원 위에다 한국인의 소원 하나를 경건한 마음과 자세로 올린 것이다.

이때 문득 어워가 소원을 비는 탑이 아니라, 추억을 쌓는 탑이라는 생각이 들었다. 어린 시절에 고향 입구의 언덕을 오르내리며 돌탑에다 돌을 얹는 과정에서, 작은 가슴 속에도 수많은 추억이 쌓였기 때문이다. 그때 그 돌멩이 하나하나에 추억들이 담뿍담뿍 서렸기에, 또 오늘에 이를 수 있지 않았던가?

그런데 어제는 어워 주변을 맴돌다가, 멀찍한 곳에서 두 손으로 들기에도 빠듯한 큰 돌덩이 하나를 주워다가 어워의 한가운데에 어렵사리 올려놓았다. 해외여행이라는 추억의 돌탑 위에 올리는 몽골이란 돌은 반드시 커야겠다고 어느 순간 마음을 먹었기 때문이었다. 아울러 이 돌은 반드시 어워의 한가운데에 놓아야겠다고 미리 작정한 탓이었다. 헤아려보면 그동안 여행했던

© Flickr의 lamoix

나라가 열 곳 남짓이지만, 몽골이 나름 강렬한 인상을 남기지 않았던가?

이제 한국으로 돌아가 돌탑을 마주할 때마다 매번 몽골의 어워가 머릿속에 퍼뜩 떠오르리라. 그건 아마도 어제 어렵사리 주워 올린 커다란 돌덩이의 효과가 분명하리라.

오늘도 여정에서 어워를 만난다면, 몽골이라는 추억의 돌덩이 하나를 다시 주워다 그 꼭대기에 얹을 예정이다. 가능하다면 어제처럼 주변에서 가장 큰 돌덩이로 골라야겠다. 혹여 필요한 경우에는 일행 중에 누군가가 얼른 손을 빌려주지 않겠는가?

테르힐 차강 호수

쳉헤르

몽골유람 아흐레째

쳉헤르 온천에서 테르힐 차강 호수까지

몽골유람 아흐레째

이동구간: 쳉헤르 온천에서 테르힐 차강 호수까지
이동거리: 280km
소요시간: 5시간

쳉헤르는 전나무 숲을 들고 나는 풍광이 말할 나위 없는 곳이다. 아침이 유
달리 싱싱하고 빛나는 지역이다. 몸과 마음이 슬그머니 풀어지고 가뜬해지는
온천장이다. 초원의 들다람쥐를 노리는 매들의 선회마저 없다면, 그저 한없
이 늘어지기 좋은 곳이다.

그렇지만 아침부터 바삐바삐 짐을 꾸렸다. 테르힐 차강 호수까지 가는 길
이 멀고도 험하기 때문이었다. 게다가 중간에 타이하르 출루와 플로트 협곡
그리고 호르고 화산의 분화구까지 올라가 구경해야 한단다.

하이디처럼 생긴 아가씨 하나가 주차장까지 나와서 떠나가는 우리를 전송
했다. 정문을 나서는 순간, 아쉬운 마음에 온천장을 뒤돌아보았다. 아무 생각
없이 이곳에서 하루만이라도 더 쉬고 싶은 심정 때문이었다. 전나무 숲을 이
리저리 헤매고 싶은 마음이 굴뚝같았다. 발걸음이 절로 더뎌졌다.

전망이 빼어난 고갯마루에 차들이 나란히 섰다. 몽골의 느긋한 지세와 전나무숲이 잘 어우러진, 그리하여 스스로 스위스를 닮은 곳이었다. 멀리 설산 하나라도 우뚝하다면, 정녕 스위스라고 우겨도 딱 속을 만한 풍광이었다.

그 가운데 눈에 가장 잘 띄는 자리에 어워가 섰다. 그 곁에 세 기의 마니차가 줄을 지었으니, 이를 마주한 사람마다 한 번씩 빙빙 돌려본다. 모두가 가도 가도 끝이 없는 길에서 무사와 안녕을 빌었으리라. 이 광활한 대지를 내려주신 신에게 감사를 드렸으리라.

남쪽의 고비 사막 일대와 전연 다른 풍광이 차창을 스치고 지나갔다. 언제 어느 쪽을 쳐다봐도 모두가 마음을 차분하게 보듬어주는 그런 그림이었다. 맑고 경쾌한 음률로 이루어낸 안단테였다. 아니, 싱그러운 음률의 론도였다.

달리던 중간에 양꼬치 재료를 사기 위해 체체를렉의 전통시장을 들렀다.

체체를랙은 아르항가이주의 주도인데, 몽골어로 정원이라는 뜻이라고 한다. 인구 2만의 자그마한 도시지만, 쳉헤르로 드는 나그네들 대부분이 필요한 물품을 구입하는 곳이기도 하단다.

차에서 내려 맞은편의 전통시장 안으로 들어갔다. 실내에 꾸며진 시장은 대체로 한산했다. 왼쪽 블록에는 주로 마유주와 차강이데라고 써 붙인 유제품 상회와 채소가게 그리고 잡화점이 꽉 들어찼다. 유제품 상회에서는 예상대로 마유주와 몽골의 소주에 해당하는 아르키히를 비롯해서, 차강이데로 통칭되는 치즈와 몽골식 버터인 으름, 치즈 성분을 말려서 만든 과자 아를 등이 주를 이루었다. 채소가게는 몇 곳 되지 않았다. 그나마도 파·양파 그리고 감자와 당근·상추 등으로 품목이 단출했다.

오른쪽으로 굽어 도는 골목 안에는 정육점이 널찍했다. 이곳에서 밧자와 나와가 양고기를 사는 중이었다. 이곳의 정육점에도 역시 냉장고는 보이지 않았지만, 선홍빛을 띤 생고기는 일견에도 싱싱했다.

　그런데 이것 봐라! 몽골에서 찾아보기 어려운 과일 가게 하나가 정육점 앞쪽에서 불쑥 나타났다. 오호라! 반가움에 들여다보았지만, 진열품은 사과와 토마토 외에 별다른 과일이 없었다. 다만 적은 양의 자두가 한 귀퉁이에서 눈에 띄었으니, 기회를 놓칠세라 얼른 값을 치렀다.

　걸음을 돌리다가 유제품 상회에 들러 아를을 맛보았다. 마유주 1.8ℓ를 6,000투그릭에 샀으니, 우리 돈으로 1,500원 정도의 아주 값싼 금액이었다. 밤에 양꼬치를 안주 삼아 마실 요량이었다.

　시장의 측문 앞에 선 트럭에서는 도살한 양들을 한창 하역하는 중이었다. 가죽과 내장을 제거한 모양이었으니, 갑자기 실없는 웃음이 터져 나왔다. 홀랑 벗겨진 양들이 첩으로 쌓인 모습을 보고, 뜬금없이 〈양들의 침묵〉이라는 영화의 제목이 생각났기 때문이다. 어쨌든 어제까지만 해도 초원에서 매매거리며 울어댔을 양들이 아닌가?

첫 방문지로 삼은 곳은 초원 위에 외롭게 우뚝 솟은 타이하르 출루라는 바위였다. 20m는 족히 넘을듯한 이 한 덩어리의 바위에는 여러 가지 문자와 기호들이 여기저기 산재했는데, 보기에도 어지러웠다.

Arkhangai province Ikhtamir soum
Monument of the Taikhar Chuluu

Many kind of symbols and animal figures existed in Taikhar Chuluu, that all related in Neolithic period (BC 6000-3000). And over 150 inscriptions still existed, that are written by Tibetan, old Mongolian, Qidan, Uighur, Mangju, Chinese and runic scripts.
This inscriptions are about wish, praise, verse, praing, and symbol/meaning predominated.
For example, mentioned about ancient Turkish statesman Kuli-Chur and Huuhai Dayu in Oirat, and Tsogt Hun Taij in Khalh, they are most famous people in Mongolian history.

안내문을 읽어보니, 이 바위의 겉면에 새겨진 상징과 문양·문자 등이 B.C. 6,000~3,000년 무렵부터 전해왔다고 한다. 오늘날에도 자취가 150개 이상 남았는데, 문자는 티베트 문자에다 몽골의 옛 문자와 오이야트·위구르·만주의 문자들은 물론 한자 등등으로, 저마다 기원의 내용이 담겼다고 한다. 오늘날에는 소원을 들어주는 바위라고 해서 수많은 사람이 찾아오는 명소가 되었다고 한다.

탑 주변에는 사람들이 둘러서서 여러 문자와 부호를 찾아보거나, 탑돌이를 하는 중이었다. 그 가운데 일부는 탑 바깥의 초원에서 말타기를 즐기는 중이었다. 우리 일행들은 모두 탑돌이 대열에 합류하였다.

바위는 그냥 멀리서 지켜만 보아도 위용이 대단했다. 진귀한 형상도 형상

이지만, 초원 위에 홀로 덩그러니 서 있는 존재 자체가 신기했다. 사방을 돌아봐도 이 바위의 출처로 삼을 만한 곳은 전혀 없었다. 석질 자체도 주변의 바윗돌들과 도대체 달랐다. 묵묵히 영원을 내다보는 이 바위에 오늘의 바람이 스쳐갔다. 기념품을 파는 노점에서 나그네들을 부르는 소리가 들려왔다.

차창 밖의 풍광도 더욱 달라졌다. 부드럽게 출렁이는 산세 사이로 머리에 바위를 인 산들이 자꾸 끼어든 탓이다. 방목하는 가축도 야크로 점점 바뀌어 갔다. 그러더니 어느 틈에 시커먼 화산석이 줄을 있는다 화산지대로 깊숙이 들어선 게 분명했다.

이 지역을 남북으로 가르는 플로트강은 항기이 산맥 곳곳에서 흘러내린 물줄기들이 한 몸 되어 흐르는 강이다. 길이는 415㎞에 달한다. 이 강물은 도중에 가파른 협곡을 대략 100㎞가량 통과하는데, 오늘의 두 번째 방문지가 이 협곡의 중간 부분이었다.

　가파른 골짜기를 내려다보니 아찔하다. 평균 20m의 낭떠러지인데, 최대 80m에 이르는 곳도 있다고 한다. 낭떠러지를 비집고 흘러가는 강물의 양은 많지 않다. 11월부터 이듬해 4월까지는 꽁꽁 얼어붙는다고 한다. 잠시 후 방문할 예정인 호르고 화산이 폭발할 적에, 초원으로 흘러내리던 마그마가 이 협곡을 만들었다고 한다.

　낭떠러지는 모두 흙빛이었다. 그 상단 역시 검은색 현무암 조각들이 일렬로 쌓였다. 협곡 주변에는 전나무들이 늘어서서 멋진 경관을 그려냈다. 그 그늘 속에서 두어 동의 텐트와 승용차가 보였다. 꺄아! 하는 소리에 뒤돌아보니, 내내 배구를 즐기던 몽골 아이 둘이 어느새 협곡을 내려다보며 내지른 소리였다.

몽골에는 아이들이 많다. 아이들은 어렸을 때부터 전통 무예인 말타기와 활쏘기에다 몽골씨름을 자연스럽게 익힌다고 한다. 그런데 이들이 도시에서나 초원에서 노는 모습을 보면 대부분 배구를 하고 있었다.

몽골은 인구가 절대적으로 적어서, 이를 우려하는 정부에서는 장려책을 쓰기도 한다. 아이들이 자라나 18살이 되면 나라에서 700㎡의 땅을 무상으로 내준단다. 이때 정부에서 특정 구역을 지정해 주면, 바로 그 안에서 자신의 필요와 용도에 따라 해당 크기의 땅을 마음대로 고를 수 있단다. 그리고 남자들은 20세가 넘으면 군대에 가야 하는데, 복무 기간은 12개월이라고 하였다.

고개라고 하기에는 좀 머쓱한 고개를 넘은 넉 대의 승합차가 제법 너른 주차장에 차례로 섰다. 호르고 화산의 분화구로 오르기 위해서였다. 사람들은 제각각 들메끈을 단단히 죄었다.

호르고 화산은 해발 2,240m의 휴화산이다. 몽골 지역에서 마지막으로 분출한 화산인데, 이 또한 벌써 8,000년 전의 일이라고 한다. 분화구 주변에 수많은 화산석이 흩어져 있었으니, 길바닥이 온통 새까맸다.

화산으로 오르는 길은 짧은 데다가, 생각보다 가파르지 않아서 20분이면 충분하다. 다만 돌부리들이 노면 위에 울퉁불퉁 제멋대로 돋아났으니, 걸음

이 다소 편치 않다. 주어지는 보상은 오르막과 내리막에서 내다보는 주변의 멋들어진 풍광이다. 왼쪽으로 오늘의 숙박지 테르힐 차강 호수가 빠끔 내다보였다.

호르고 화산 중앙의 자그마한 칼데라호에는 약간의 물이 괴었다. 며칠 전에 내린 비 탓이었으리라. 평소 이 호수는 바짝 마른 상태를 유지하고 있다가, 겨울이면 그나마 얼어붙는다고 한다. 그런데 수면이 아주 가깝게 보이는 데다가 경사도 급하지 않기에, 한 번쯤 내려가 보고 싶은 마음이 간절했다.

해가 뉘엿뉘엿할 즈음 찾아든 숙소는 테르힐 차강 호수 옆의 게르였다. 몇몇 종업원들이 나와 일행들의 짐을 받았다. 무심코 올려다본 하늘이 꾸무럭했다.

차강 호수는 호르고 화산이 터질 당시 급하게 흘러내린 용암이 기존 테르

흐강의 북쪽과 남쪽을 막아서 생겨났다고 한다. 이곳의 해발은 2,060m이다. 호수의 크기는 가로로 16㎞에 세로로 6㎞라고 한다. 깊이는 20m에 이르며, 이곳에는 잉어와 철갑상어 등 20여 종의 물고기가 서식한다.

덧붙이면, 몽골 사람들은 잠을 잘 때도 눈을 감지 않는 물고기를 늘 깨어있는 영적인 존재로 여긴다. 그리하여 몽골 사람들은 물고기를 입에 대는 일은

커녕 잡는 일이 결코 없으니, 이곳 호수는 물론 몽골의 모든 물줄기는 가히 물고기들의 천국이라고 일컬을 수 있다. 간혹 이런 관습을 모르는 우리나라 사람들이 이따금 몽골에 와서 물고기를 잡아먹다가 사회적인 물의를 일으킨다고 한다. 이는 몽골에서 우리네가 참으로 주의할 일이다.

차강 호수는 참말로 넓다. 불이면 물이라고, 화산지대 한가운데를 차지하고서 물이란 물을 그득하게 품은 호수다. 조그마한 호도湖島도 몇 개 떠 있으니, 평온한 분위기가 절로 조성된다. 시간만 허락한다면 호수를 따라 한 바퀴 느릿느릿 걷고 싶은 생각도 들었다.

솔직한 심정으로, 이곳 차강 호수는 물에 비친 구름도 들여다보고, 날아가는 갈매기의 마릿수도 세고픈 곳이다. 걷다가 걷다가 다리가 아플 작이면 아무 데나 털썩 주저앉아 쉬고 싶은 곳이다. 그러다가 불쑥 잔잔한 수면을 마주

하면, 불가에서 말하는 희로애락애오욕喜怒哀樂愛惡慾의 칠정七情이 일시에 녹아
내릴 것만 같은 곳이다. 그만큼 매력적이고 아름다운 곳이다. 새파란 물빛만
큼 상큼한 곳이다.

그러나 하늘은 흐리기만 했다. 야속한 심정으로 바라본 눈길 끝에 매달린
것은 호수 안의 작은 섬 하나였다. 이 섬에는 다음과 같은 전설이 담겨 있다.

옛날 이곳에 어머니와 아들이 살았다. 아들은 날마다 작은 우물에서 물을
길어다가 식수로 삼았다. 어느 날 물을 긷던 아들은 너무도 피곤했던 나머지,
깜빡하고 우물의 뚜껑을 덮지 않은 채 그냥 그 곁에서 잠이 들고 말았다. 그
러자 우물에서 엄청난 물이 흘러나와, 어느새 주변은 온통 물바다가 되었다.
이를 보고 놀란 어머니는 오랑 만달이라는 산꼭대기를 뚝 떼어다가 우물을
막았다. 이때 솟아난 물은 차강 호수가 되었고, 마개로 쓰였던 산꼭대기는 지
금도 작은 섬으로 남았다.

아뿔싸! 저녁 반찬으로 모처럼 김치찌개를 준비할 즈음 하늘에서 비를 뿌리기 시작했다. 바람도 거세졌다. 일행들이 내내 기대했던 야외에서의 양꼬치 파티는 일순 물거품이 되었다. 야속하다는 말밖에 나오질 않았다.

우리는 갑작스러운 비바람에 쫓겨 식당으로 얼른 자리를 옮겼다. 그러나

© Flickr의 avlxyz

황급히 주문한 몽골식 볶음밥 보디테 호르와 우리가 끓인 김치찌개의 조합은 예상외로 훌륭했다. 이 얼마 만에 맛을 보는 김치찌개였던가? 너나없이 흐뭇한 미소로 술잔을 들었다.

식사를 마치자, 바람이 잔잔해지고 비 또한 멈추었다. 2호차 기사 나와가 정자로 자리를 옮겨 숯불을 피웠다. 그리고 양꼬치를 구웠다. 미리 양념이 된 꼬치 위에다 간간이 뿌리는 것은 다름 아닌 묽은 소금물이었다. 그래야 양고

기 특유의 누린내가 잡힌단다. 꼬치에서 풍기는 맛있는 냄새와 연기가 초원으로 자욱하게 퍼져나갔다.

몽골의 전통 요리에 속하는 양꼬치 샤를락은 고깃점이 꽤 컸다. 한 입을 가득 채우는 크기였다. 자그마한 살점을 바싹 굽는 중국식 양꼬치에 비해, 육즙도 당연히 듬뿍 흘러나왔다. 보드카와 딱 어울리는 안주라고 해도 틀린 말은 아니었다.

마침내 어둠이 찾아들고, 별들이 듬성듬성 얼굴을 내밀었다. 그리고 내 옆구리를 쿡쿡 찌르며 사뭇 충동질했으니, 뒷날 〈어디서 무엇이 되어 다시 만나랴〉라는 제목의 김환기 화백 그림으로, 그리고 유심초의 노래로 탈바꿈한 김광섭 선생의 〈저녁에〉를 가만히 읊조리는 수밖에 없었다.

그래, 우리가 또 언제 어디서 또 무슨 인연으로 만날까? 나직한 읊조림은 다시 이성선 시인의 「사랑하는 별 하나」로 가만가만 이어졌다. 눈물이 핑하고 도는가 싶었다.

그랬다. 마음 어두운 밤이 깊어질수록, 우러러보면 그 맑은 눈빛으로 다가와 길을 비추어 주는 그런 사람 하나를 문득 만나고 싶었다. 눈길만 마주치더라도, 아무런 말을 건네지 않아도 가슴이 절로 후련해지는 별 같은 사람 하나가 문득 그리워졌다.

몽골몽골9

목호의 난

목호의 난은 고려의 공민왕 때 일어난 사건이다. 제주도 올레길을 걷다 보면, 목호의 난과 관련한 안내판을 이따금 볼 수 있다. 특히 올레 제7구간에 속하는 외돌개에는, 이 바윗돌이 최영崔瑩 장군인 줄 알고 지레 겁먹은 목호

들이 모두 바닷물에 빠져 죽었다는 전설이 전해온다. 그리고 그 앞쪽으로 바라보이는 섬이 목호의 난을 최종적으로 마무리한 역사 속의 범섬이다. 올레 제16구간에는 항몽멸호기념비抗蒙滅胡記念碑와 함께 삼별초를 이끌고 항몽투쟁을 했던 김통정金通精 장군과 최영 장군의 석상이 좌우에 서 있기도 하다.

목호牧胡는 목축을 하는 오랑캐라는 뜻이다. 원나라 간섭기에 제주도에 들어와 말을 기르던 몽골 사람들을 일컫던 말이다.

당시 원나라는 자신들의 전통에 따라 제주도를 동아막과 서아막으로 나누고 연 1,500명가량의 군사를 주둔시켰다. 제주 목마장은 원나라 14개의 국립 목장 중 하나로 경영되었다. 이후 목호들은 약 80년 동안 제주 사람들과 어울려 살았다. 이때 몽골인들은 자신들의 말 조로모리를 가져다가 제주도에 방목했는데, 이 말들이 크게 불어나 조랑말이 되었다.

그 후 제주산 조랑말의 우수성은 널리 알려져 중국 땅의 말을 밀어냈으니, 마침내 명나라에서까지 탐내게 되었다. 그리하여 1374년 명나라 조정은 조랑말 2,000필을 선별해서 보내라고 압력을 가하였다. 그러나 몽골족이었던 목호는 황제 쿠빌라이가 풀어서 기른 말을 명나라에 바칠 수 없다고 버티다가, 어쩔 수 없이 300필만 내주었다. 명나라 조정은 크게 화를 내면서 목호의

토벌을 강력하게 주문하였으니, 공민왕은 결국 제주 출정군을 편성하였다. 총 사령관은 최영이었다. 출정군은 정예군 25,605명과 전함 314척으로 구성되었는데, 당시 제주 인구와 맞먹을 정도의 병력이었다. 최고 지휘부 여섯 명의 원수들도 전공이 뛰어난 인물들이었다. 게다가 예비 부대까지 별도로 구성하여 경기도·충청도·전라도 지역에 각각 주둔하도록 하였다.

이때 목호 세력은 기병 3,000여 명과 많은 보병을 거느리고 명월포에 포진한 뒤 출정군을 맞았다. 이들은 초반에 기세를 크게 올렸다. 출정군의 패배는 대체로 긴장 탓이었는데, 이들의 긴장은 목호 세력의 전투력에서 비롯했다고 한다. 나아가 제주 사람들 대부분이 목호와 결탁했으리라는 추측과 이에 관한 무성한 소문 때문에 두려움이 한층 증폭되었다고 한다.

그렇지만 재차 벌어진 명월포 전투에서는 고려군이 승전고를 울렸다. 이후 전투는 한 달 남짓 치열하게 전개되었는데, 수세에 몰린 목호의 군사들은 서귀포 앞바다의 범섬으로 도망을 쳤다. 최영 장군은 배 40척을 몰고 직접 범섬을 압박했다. 장군은 성을 쳐부순 다음, 도망치는 무리를 남김없이 처단했다. 그리하여 목호 정벌은 "우리 동족도 아닌 것들이 섞여서 갑인년의 변을 불러들였다. 칼과 방패가 바다를 뒤덮고 간과 뇌는 땅을 가렸으니, 말하자니 목이 멘다."라고 할 정도로 아주 처참했다고 한다. 갑인년은 서기 1374년에 해당한다.

결과적으로 보면, 목호의 난 토벌은 고려가 자주성을 회복하고자 행했던 정책의 하나로, 몽골에 빼앗겼던 영토를 되찾기 위해 이루어졌다. 제주 사람들이 커다란 희생을 치른 사건이 되기도 했다. 더욱 길게 내다보면, 이성계가 뒷날 조선 건국의 기반을 구축할 수 있도록 기회를 만들어 준 전쟁이었다고도 한다.

므롱

테르힐 차강 호수

몽골유람 열흘째

테르힐 차강 호수에서 므롱까지

몽골유람 열흘째

이동구간: 테르힐 차강 호수에서 므롱까지
이동거리: 450km
소요시간: 12시간

타닥 타닥. 자정 무렵이었다. 비가 오는가? 게르의 지붕 위에서 빗방울 부서지는 소리를 듣다가 잠들었다.

우르릉, 쾅쾅! 우르릉 쾅! 새벽 4시. 뇌성벽력과 함께 굵은 빗줄기가 거세게 쏟아졌다. 오늘의 행로가 다시금 걱정스러웠지만, 이내 다시 꿈속으로 빠져들고 말았다.

아침에 일어나자 지난밤의 우려가 현실로 드러났다. 밤새 내린 비로 길이 끊어졌다는 소식이 들려왔다. 오늘 밤에도 비가 온다는 예보가 있으니, 잘못하면 최악의 경우 이곳에서 며칠 동안 고립될 수도 있단다. 그렇다면 일정 또한 엉망진창이 될 게 뻔했다.

기사 4명과 숙고 끝에 비가 더 내리기 전 얼른 이곳에서 벗어나기로 결정했다. 선택할 수 있는 도로는 두 갈래였다. 어제 들어온 호숫가의 길과 언덕을

넘는 길이었다. 석 대의 차량은 먼저 호숫가의 길을 골랐다. 그러나 마을을 벗어나기도 전에 차들이 모두 멈춰서고 말았다. 앞서 마을을 빠져나갔다가 되돌아온 푸르동 승합차 기사의 전언에 따르면, 호르고 화산 앞쪽으로 난 길이 완전히 물에 잠겼다고 하였다. 아, 푸르동도 건너지 못한 길을 우리 차가 어찌 건널 수 있단 말인가?

그 사이에 홀로 언덕 쪽의 길을 살피러 갔던 나와에게서 전화가 왔다. 언덕 아래의 초원은 완전히 물바다란다. 우리는 게르로 돌아가는 방법 외에 다른 수가 없었다. 이제 어떻게 하면 좋을까? 일행들의 얼굴도 죄 어두워졌다. 한숨만 푹푹 내쉬면서 하늘을 올려다볼 뿐이었다.

이른 점심을 먹은 다음, 다시 출발을 결정했다. 역시 호숫가의 길을 택했는데, 앞뒤로 몇 대의 차들이 따라붙었다. 드디어 문제의 장소에 도착했다. 차를 세우고 바라보니, 맞은편 물구덩이에서 승합차 한 대가 앞장서서 우리 쪽으로 다가온다. 그리고 오토바이 한 대가 그 뒤를 따라온다. 흙탕물을 가르며 오는 모양이 둘 다 아슬아슬하다. 밧자의 전언에 의하면, 물구덩이가 된 길로 100m 가량을 가보긴 가봤지만, 그다음부터는 도저히 건널 수가 없었다고 한다.

잠시 후 몇 명의 기사들이 곳곳에서 바지를 걷어붙이고 나섰다. 어느 곳으로 차가 건널 수 있을까 여기저기 깊이를 가늠해 보려는 요량이었다. 그들은 한참을 빙빙 돌며 곳곳의 물 깊이를 가늠해 보더니, 마침내 구불구불 물을 건널 수 있는 구역을 찾아냈다.

승객들은 모두 차에서 내렸다. 그리고 안전하게 물을 건너기 위해 이리저리 맴돌면서, 말라빠진 소똥처럼 지면에 달라붙은 화강암 돌부리를 징검다리 삼았다. 일행들은 다행히 한 사람도 물에 빠지지 않고 흙탕물을 무사히 건넜다.

어렵게 어렵게 맞은편에 자리 잡은 우리는 차들의 도하를 지켜보았다. 차들은 물보라를 일으키며 한 대씩, 한 대씩 비틀비틀 길을 열었다. 물속에서 차들은 쿨렁거리고, 휘청거렸다. 때로는 미끄러지기도 하였으니, 이를 바라보는 사람들의 심장도 덩달아 오그라들었다.

간절한 바람의 덕이었는가? 네 대의 차량이 모두 돌밭 길에 가까스로 올랐다. 우리는 일제히 환호성을 질렀다. 손뼉을 쳤다. 만세를 불렀다. 차들은 덜

컹덜컹 우리 곁을 차례로 지나갔다. 가슴 졸이던 우리는 고립에서 벗어났다는 안도의 한숨을 길게 길게 내뱉었다.

우리는 다시 꼬리를 이어가며 1㎞가량을 걸었다. 도중에 돌아보니 미처 건너지 못한 몇 대의 차량이 여전히 어지러운 물길 위에서 뒤뚱거리고 있었다. 그 아슬아슬한 광경을 멀리서 바라보다가, 문득 연암燕巖 박지원朴趾源 선생이 남긴 『열하일기熱河日記』 가운데 하룻밤 사이에 아홉 번이나 열하를 건넜다는 내용의 「일야구도하기一夜九渡河記」가 생각났다. 물론 시대적인 환경이야 전연 다르겠지만, 그 아찔하고 위태로운 심경이야 어찌 다르겠는가?

"산중 내 집 문 앞에 큰 냇가가 있는데 매양 여름철에 큰비가 한번 지나가면 시냇물이 갑자기 불어나서, 항상 전차와 말달리는 소리, 북과 전차포 소리를 듣는 것 같은데, 나중엔 이 물소리도 귀에 젖어 익숙해졌다. 강물은 두 산 사이로 흘러나와 돌과 부딪혀 싸우며 놀란 파도와 성난 물머리와 우는 여울과 노한 물결과 슬픈 곡조와 원망하는 소리가 한데 굽이쳐 돌면서 마치 우는 듯, 소리치는 듯, 바삐 호령하는 듯, 언제든지 만리장성이라도 무너뜨릴 형세다. 전차戰車 만승과 전기戰騎 만대나 전포戰砲 만가와 전고戰鼓 만좌로도 이처럼 무너뜨리고 내뿜는 강물 소리와는 충분히 대적할 수 없을 것이다. 모래 위에 우뚝 서 있는 커다란 바위는 홀연히 떨어져 있고, 강 언덕 버드나무는 어두컴컴하여 물 지킴이와 하수河水 귀신이 다투어 나와서 사람을 놀리는 것 같고, 좌우의 교룡과 이무기가 우리를 붙들려고 애쓰는 것 같았다. 어떤 사람들은 여기가 옛날의 전장戰場이었기 때문에 강물이 저같이 우는 거라고 말하지만, 그런 것이 아니다. 강물 소리는 듣기에 따라 다르다.

…… (중략) ……

지금 나는 밤중에 강물을 아홉 번이나 건넜다. 강물은 변방 밖으로부터 흘러나와 장성을 뚫고 유하楡河와 조하潮河·황화黃花·진천鎭川 등 여러 물과 합치면서 밀운성密雲城 아래를 거쳐 백하白河에 이른다. 나는 어제 두 번째 배로 백하를 건넜으니, 여기는 하류였다.

내가 아직 요동에 들어오지 못했는데 때는 바야흐로 한여름이었다. 뜨거운 태양 아래 길을 걷노라니 홀연 큰 강이 가로놓였는데 붉은 물결이 산 같이 일어나 끝을 볼 수가 없었다. 이는 천 리 밖에 폭우가 왔기 때문일 것이다.

강물을 건널 때 사람들이 머리를 쳐들고 하늘을 보는 것은 무서워서 기도함이 아니었다. 나중에 알고 보니, 물을 건너는 사람들이 강물이 돌아 우당탕탕 흐르는 것을 보게 되면 자신이 물을 거슬러 올라가는 것처럼 무섭고, 눈은 강물과 함께 떠내려가는 것 같아서 갑자기 현기증이 일어나 물에 빠질 수 있는 까닭에, 물을 회피하여 눈으로 보지 않으려 함이었다. 그러므로 어느 겨를에 잠깐이나마 목숨을 보전해달라고 기도할 수 있겠는가. 이처럼 위험한 가운데에 처해서 물소리도 듣지 못하거늘, 사람들은 '요동들은 평평하고 넓은 까닭에 물소리가 크게 울리지 않는다.'라고 말들을 하는데, 이는 강물을 제대로 알지 못한 까닭이다.

요하遼河가 일찍이 울지 않는 것이 아니라, 특별히 밤에 요하를 건너 보지 않았기 때문이다. 낮에는 눈으로 강물을 볼 수 있기에, 눈은 오로지 위험한 곳을 보느라 도리어 눈이 있는 것을 걱정하는 판인데, 다시 들리는 소리가 있을 리 없다. 지금 나는 밤중에 강물을 건너는데도 위험한 것을 볼 수는 없지만, 귀로 듣자니 무서워서 견딜 수 없다.

나는 이제야 도道를 깨달았다. 마음이 어두운 자는 귀와 눈이 허물이 되지 않고, 귀와 눈만을 믿는 사람은 보고 듣는 것이 더욱 밝아져서 오히려 병이 된다. 이제 내 마부가 발을 말발굽에 밟혀서 뒤차에 타게 했으므로, 나는 혼자 고삐를 늦추어 강물에 배를 띄우고 무릎을 구부려 발을 모으고 안장 위에 앉았다. 그러므로 말 위에서 한 번 떨어지면 강물을 땅으로 삼고, 옷으로 삼아야 한다. 그뿐만 아니라 강물로 몸을 삼고 성정性情을 삼아야 하니, 이제 한 번 떨어지리라 아예 작정하였다. 그러고 나자 귀에 들리는 강물 소리가 사라지고, 무릇 강물을 아홉 번이나 건너는데도 마치 안방의 보료 위에 누워있는 것처럼 아무렇지도 않았다."

심하게 과장한다면, 사지에서 벗어난 기분이 이러할까? 지면이 단단하다 싶은 지역의 초원 위로 올라선 차들도 이제 컨디션을 되찾았다. 넉 대의 차는 다시 대열을 이루고 힘차게 내달렸다. 기분이 좋았는지, 상수가 먼저 경적을 울려댔다. 나머지 차들도 일제히 경적을 울렸으니, 초원은 잠시 소란해졌다.

그렇지만 문제가 하나 더 숨어있었다. 경로와 숙박지를 어떻게 정하는가 하는 점이었다. 기사들과 잠깐 머리를 맞대고 의논해서, 오늘의 숙박지를 일단 므롱으로 정했다. 숙소는 주행 중에 전화를 걸어 예약하기로 했다. 아울러

도중에 식당이 전혀 없으므로, 적당한 장소를 섭외해서 형편에 따라 저녁을 해결하기로 했다.

차들은 화산석을 몸에 두른 산자락을 훑었다. 전나무가 우거진 산길을 뚫었다. 이제는 문제 될 것 없는 작은 물길을 건넜다. 광야를 끊임없이 가로질렀다. 오전 내내 졸였던 가슴이 풀렸는가? 일행들의 얼굴도 밝아졌다. 앞으로 어떤 역경이 다쳐와도 문제가 없다는 표정이었다.

황 부장의 입가에서 이문세의 노래 〈야생마〉가 흘러나왔다. 우리를 태우고 달리는 네 대의 차를 위한 응원가였을까? 그의 목소리가 점점 더 커졌다. 그래, 우리도 오늘은 이 드넓은 초원을 달린다. 온갖 어려움을 이겨내고 눈길 가는 대로 저 광활한 초원을 향해 내달린다. 물길 빼놓고는 막힐 게 없는, 붉게 뻗어 나간 길을 따라 박차를 가한다. 누구보다 더 자유를 누리고자 바람이 불면 바람이 부는 대로, 비가 오면 비가 오는 대로 달려간다. 자꾸만 자꾸만, 앞으로 앞으로 나아갈 따름이다.

그러나 시간은 흐르기 마련이다. 잠시나마 통쾌하고 후련한 기분도 점점 묽어지기 마련이다. 오늘의 숙소로 정한 므롱까지 450㎞ 이상을 달려야 했으니, 권태가 절로 찾아들었다. 더구나 비에 젖은 진흙탕을 달리지 않는가? 몇몇은 꾸벅꾸벅 졸음에 빠졌다.

하늘은 다시 잿빛으로 내려앉았고. 바람마저 차가워졌다. 질리도록 푸른 풍광은 멈추지 않았고, 갈 길은 가늠되질 않았다. 그러다가 어느 들판에서 고장 난 승용차 한 대를 만났다. 우리 기사 넷이 차에서 내려 그 차를 들여다보았지만, 별 도움이 되지 못하는 모양이었다. 막막한 초원 위에 고립무원의 그들을 남겨두고 떠나는 순간, 뒷좌석에 앉아 차창으로 내다보던 두 아이의 눈망울이 애잔했다.

또 어느 고개에선가 나뒹군 대형 트럭 한 대를 만났다. 양털을 터질 만큼 가득 실은 트럭이었다. 한심하다는 생각보다는 동정심부터 일었다. 과적할 수밖에 없는 그들의 삶이 딱하기만 했다. 어찌 보면 우리 민족이 1960년대와 70년대를 고달프게 살아가며 남겼던 한 장면과 크게 닮지 않았던가? 아, 삶이여!

그러나 남들만 걱정할 문제가 아니었다. 우리가 달리는 구간은 어느새 통화 불능 지역으로 접어들었다. 인터넷도 잡히지 않는, 말 그대로 아날로그 구간으로 전락하고 만 것이다. 숙소 예약이 다시 큰 문제로 대두했다.

　게다가 일행들은 굶주린 기색이 역력했다. 어떻게 저녁을 해결해야 하나? 시름이 깊어질 무렵, 밧자가 외딴 게스트하우스 한 곳을 찾아냈다. 기사들은 차 안에 남은 라면과 먹거리를 모두 털었다. 다행히도 라면은 넉넉했다.

　일행들은 전날 먹다 남긴 양꼬치부터 얼른얼른 구웠고, 검은 식빵 덩어리를 식탁 위에서 뚝뚝 잘랐다. 그리고 커다란 냄비에다 대여섯 개씩의 라면을 끓여가면서, 순서에 따라 3교대로 저녁을 해결했다. 정확하게 말한다면, 다들 허겁지겁 배를 채웠다.

　얼렁뚱땅 허기를 달랜 뒤였다. 어둠의 길을 밝혀가며 차들이 게스트하우스를 등졌다. 차 안의 일행들은 어느새 모두 잠이 들었다. 지칠 만큼 지쳤다가 주린 배를 채웠으니, 당연한 결과였다.

　지루했다. 어둠이 사뭇 전조등의 불빛을 삼켰지만, 험하고 거친 질주는 이어져야 했다. 속도계는 겨우 30㎞를 넘나들었다. 비는 또 추적추적 내리기 시작했다. 일모도원日暮途遠이란 말이 꼭 들어맞는 가련한 신세였다. 그러나 이

또한 몽골유람에서나 겪을 수 있는, 선 굵은 추억 아니던가?

같은 차에 탔던 친구도 지루했던 모양이다. 그는 지난날 다년간 몽골에서 체류하며 겪었던 경험담을 슬슬 풀어놓기 시작했다. 다음은 그 가운데 몽골 사람들에 관한 이야기 두 쪽지를 정리한 것이다.

재래시장으로 몽골의 특산물인 차가버섯을 사러 갔다. 무게를 잰 다음 돈을 냈을 때였다. 주인이 거스름돈을 내줄 생각은 아니하고 우물쭈물하는 것으로 여겨졌다. 그래서 혼잣말로, "아, 이 양반이 잔돈을 안 내주려나?"하고 중얼거렸다. 순간 주인이 "잔돈 여기 있어요."라고 말했다.

어느 날 몽골의 지인들과 1박 2일 일정으로 초원에 놀러 갔다. 아침에 눈을 뜨니 커피 생각이 났다. 그래서 커피가 없냐고 물어보자, 게르 주인이 중국산 믹스 커피를 내주었다. 물을 끓이려고 하는데, 주인이 가져다준 물은 보기에도 희뿌연 것이었다. 그래서 자신도 모르게 "여기 사람들은 이런 물을 먹고도 멀쩡하다니, 대단하네!"라고 중얼거렸다. 이때 게르 주인이 빤히 쳐다보면서 "먹어도 안 죽어요."라고 답했다.

이 친구의 경험에 비추어 보면, 몽골 특히 울란바토르 인구의 약 50~60%는 우리말을 구사한다고 한다. 몸으로 느끼기에는 70% 이상이라고 한다.

그리고 또 하나를 따로 지적한다면, 몽골의 거리에서는 다리가 불편한 남자들이 이따금 눈에 뜨인다. 평생 말을 타고 누비던 사람들이었으니, 어쩌다 말에서 떨어졌던 그 아픔 아닐까?

밤은 자꾸 깊어 갔는데, 어느 순간 터기가 먼 불빛을 가리켰다. 그러고는 므롱! 하고 외쳤으니, 반가움에 얼른 차를 세우라고 시켰다. 우리는 어느 오보 곁에 서서 기쁜 마음으로 그 불빛을 꿈결처럼 바라보았다. 긴 한숨이 담배 연

기에 묻혀 길게 길게 퍼졌으니, 긴 고생 끝에 만난 안도감이었다.

밤 12시. 므롱에 도착하고 난 뒤에도 잠시 헤매는 도리밖에 없었다. 총 20명에 달하는 인원들이 묵을 만한 호텔은 후딱 찾아지지 않았다. 그렇지만 우리가 복 많은 사람 아니던가? 마침내 호텔 두 군데를 어렵지 않게 찾아냈으니, 절반씩 양쪽으로 분산한 나그네들은 침대 위에서 마음대로 다리를 쭈욱 펼 수 있었다.

자리에 눕자, 하루가 꿈속 같았다. 참말로 꿈속 같았다. 그리고 아침부터 온갖 고생을 감내하며, 꼬박 12시간 동안 그 먼 길을 무사하게 이끌어준 나와·터기·상수·밧자에게 고맙고도 감사한 마음이 뭉클 일었다. 마른 목에 맥주 한잔이 간절했다.

그러나 우리는 한국에 돌아가면 분명 말하리라. 이번 몽골유람의 하이라이트는 진정 오늘이었다고. 온갖 고생과 조바심 속에서 하루 동안 몽골이란 책에 숨겨진 그 비밀스러운 페이지를 우리가 몰래몰래 열어보았노라고.

칭기즈칸의 면모

인류사에 가장 큰 제국을 세운 칭기즈칸에 관한 사람들의 평가는 저마다 다르다. 하지만 그의 남다른 리더쉽만큼은 누구 하나 부인하지 못한다. 동서양을 불문하고 오히려 저마다의 안목으로 칭기즈칸의 탁월한 능력과 업적을 기리기에 바쁘다. 이 점에 관해서는 김종래 씨가 지은 『밀레니엄 맨』에 아주 자세한데, 여기서는 그 가운데 한 대목을 적절히 다듬어 인용하도록 한다.

미국의 컨설팅회사인 리더 벨류사의 컨설턴트 믹 예이츠는 칭기즈칸의 리더십을 '4E'로 요약했다. 다음은 그의 주장이다.

첫째, 비전Envision. 칭기즈칸에게는 원대한 비전이 있었다. 칭기즈칸은 알았다. 넓고 넓은 세상의 정복을 통한 약탈만이 몽골 초원에서 빈약한 물자를 놓고 벌이는 동족 간의 만성적인 다툼과 싸움에서 벗어날 수 있는 유일한 해결 방법이라는 사실을. 가까운 동아시아의 정벌에만 그치지 않고 멀리 유라시아를 건너 유럽까지 아울렀던 광활한 몽골 제국의 건설은 그의 원대한 비전에서 나온 것이었다. 특히 유라시아를 동서로 관통하는 약 8,000㎞의 대초원은 그의 구미를 크게 끌어당기고도 남는 것이었다.

둘째, 능력Enable. 칭기즈칸에게는 자신의 비전을 성취할 수 있는 남다른 능력이 있었다. 주지하듯이, 칭기즈칸은 특별한 무기를 가지고 세계를 정복한 게 아니다. 그는 각각의 전투에서 기존의 병력과

전술을 아주 적합하게 활용하였다. 그분만 아니라, 엄한 군율과 성과에 따른 철저한 포상 및 천호제千戶制와 같은 효율적인 군사·행정 조직 등을 통해 부하들이 갖춘 본연의 능력을 마음껏 펼치도록 이끌었다. 바로 이런 여러 가지 탁월한 능력이 몽골제국 건설의 동력원이 된 것이었다.

셋째, 정력적인 실행Energize. 칭기즈칸은 부하들을 정력적으로 일하도록 만들었다. 칭기즈칸은 부하들을 잘 다룰 줄 아는 사람이었기에, 그는 부하들이 무얼 요구하는가를 깊이 헤아렸다. 그건 다름이 아니었다. 부하들이 가장 큰 희망은 바로 만성적인 가난에서 벗어나는 일이었다. 이에 칭기즈칸은 전투에서 얻은 전리품을 그때그때 부하들과 공평하게 나누었다. 이에 감복한 부하들은 최선을 다해 정복 전쟁에 나섰다. 그리하여 그들은 칭기즈칸을 위해서가 아니라, 자신의 전공戰功과 이에 따른 포상을 받기 위해 온 힘을 기울였다.

넷째, 권한 위임Empower. 칭기즈칸은 아랫사람에게 권한을 위임할 줄 알았다. 칭기즈칸은 주어진 일마다 자신이 직접 감독하거나 판단하기보다는, 아랫사람들의 능력에 따라 적합한 일을 나누어주고, 그들의 재량과 책임에 따라 처리하도록 하였다. 싸움터에서 능력을 발휘한 사람에

게는 국적과 신분을 가리지 않았다. 즉시 지휘관으로 발탁하였다. 그리고 그들에게 전폭적인 신뢰와 권한을 주었다. 그 결과 칭기즈칸의 푸른 군대는 불퇴전의 용사로 온 세상을 마음대로 누비고 다녔다.

'밀레니엄 맨' 칭기즈칸. 그의 실제적인 면모는 과연 어떠했을까? 중국 산동성 출신의 도교 지도자 장춘진인長春眞人 구처기丘處機를 수행하면서 칭기즈칸을 만나고 돌아온 제자 이지상李志常은 『서유기西遊記』라는 기행문을 남겼다. 1222년 구처기를 만난 칭기즈칸은 정중한 자세로 구처기에게 다음과 같은 말을 했다고 한다.

"나는 특별한 자질을 가진 게 아닙니다. 다만 사치를 싫어하고, 절제를 실천할 뿐입니다."
"나는 겉옷이 한 벌뿐입니다. 나는 비천한 목부들과 똑같은 음식을 먹고, 똑같은 누더기를 입습니다."
"나는 백성을 내 자식으로 생각하고 재주 많은 사람을 내 친형제처럼 여길 정도로 관심이 많습니다."

"나의 소명은 높고, 내게 지워진 임무는 막중합니다. 나의 통치 방법에 뭔가 부
족한 것이 있지 않은가를 늘 걱정합니다."

"나는 현자가 필요합니다.……제국에 질서를 부여하기 위해섭니다."

"내게 연민을 가져주십시오. 내게 당신의 지혜를 조금만 나눠 주십시오. 내게
한마디만 해주십시오. 그러면 나는 행복해질 겁니다."

『서유기』에는 구처기가 칭기즈칸에게 직접 강의한 일이 기록되어 있는데, 다음은 그 기록의
일부다.

> 9월 19일. 달빛이 환한 밤에 다시 진인의 강의가 있었다. 이때에도 칭기즈칸은
> 매우 만족해 하였다. 23일에 진인의 강의를 다시 열었다. 이번에도 진인은 전
> 과 다름없는 예우를 받았다. 칭기즈칸은 진인의 강의를 듣고 분명하게 만족감
> 을 표했다. 칭기즈칸은 진인의 말을 빠뜨림 없이 기록하라고 명했다. 특별히 한
> 자로 기록해서 보존하라고 명했다. 그리고 말했다.
> "장춘 진인, 그대는 세 번에 걸쳐 생명의 영靈을 양육시키는 일에 관해 불멸의
> 신성한 강의를 해주었소. 그 말씀이 내 가슴 속에 깊이 파고들었소. 나는 그대
> 가 지적한 것을 되풀이하지 않으리라 믿소. 정말 고맙소."
> 몽골제국의 대군이 동으로 진격하는 남은 기간에도 장춘진인은 칭기즈칸에게
> 도道의 신비에 관해 계속해서 강의했다.

한마디 더 덧붙인다면, 지금도 유럽인들에게 칭기즈칸에 관한 공포심은 아주 크다고 한다. 독
일에 유학을 다녀온 한 친구의 말을 빌리자면, 오늘날에도 독일인들은 칭얼대는 아기들을 어르
면서 "울지마, 칭기즈칸이 온다! 칭기즈칸이 와!"라며 겁을 준다. 아마도 칭기즈칸 등장 이후
독일인들에게는 호랑이보다 칭기즈칸이 더 두려웠기에 생긴 말로 여겨진다.

홉스골

므롱

몽골유람 열하루째

므릉에서 홉스골까지

몽골유람 열하루째

이동구간: 므롱에서 홉스골까지
이동거리: 120km
소요시간: 1시간 20분

므롱시는 홉스골주의 주도다. 므롱은 몽골어로 '강'이란 뜻이다. 이곳 인구
는 겨우 35,000명에 지나지 않지만, 몽골 북부에서 교통의 중심지로 유명하
다. 홉스골로 가기 전에 만나는 유일한 도시이기도 하다. 울란바토르에서 이

곳까지 운행하는 시외버스는 물론 국내선 비행기까지 있단다.

아침에 일어나 보니, 숙소 주변이 온통 호텔로 뒤덮였다. 때가 때인지라 관광을 온 한국인들이 곳곳에서 쉽사리 보였다. 일부러 다가와 우리에게 서툰 한국어로 말을 거는 몽골 사람들도 많았다. 이들은 대부분 한국에서 일정 기간 일을 했던 사람들이다. 그들은 우리를 만나 그 시절을 회고하는 눈치였다.

여장을 다시 꾸리고 홉스골로 향했다. 므롱에서 홉스골까지는 120㎞의 포장도로다. 주행시간은 1시간 반이면 충분하다. 어쩐지 기사들의 표정이 밝더라니.

이 대목에서 몽골의 포장도로에 관해 자세히 언급해 보자. 이곳의 포장도로는 아주 열악한 왕복 2차선이다. 지난날 중국 기술자들이 놓았다고 한다. 주요 도시를 잇는 이 간선도로들은 한마디로 형편 없었다. 게다가 관리 부실로 곳곳이 깨지고 꺼졌다.

　그러나 몽골 사람들은 이 도로를 고속도로로 간주한다. 그리하여 곳곳의 나들목에서 통행요금을 받는다. 오가는 차들은 그리 많지 않은지라, 대부분이 시속 100㎞에 가깝게 달린다. 따라서 초원 위에 제멋대로 뻗은, 도로라고 말하기 어려운 비포장의 지방도와는 현격한 속도 차이를 보인다. 이곳 고속도로에는 어쩌다 휴게소 같은 곳도 있지만, 편의성은 크게 기대하기 어렵다. 오히려 난전에 가깝다.

　운전만 하다가 심심했는가? 나와가 지나가는 유목민 하나를 바라보더니, 입을 열었다. 그리고 그들의 삶에 관해 설명하였다.

　유목민들에게 가장 힘든 시기는 풀이 없고, 가축들이 새끼를 낳는 봄이다. 그리고 가장 무서워하는 것은 '조드'다. 조드는 극심한 가뭄과 한파를 의미한다. 2010년 몽골에 조드가 닥쳐왔을 때, 1,032만 마리의 동물이 얼어 죽기도 했다. 조드로 가축을 잃어버린 유목민들은 당시 떠돌이가 되어 울란바토르로

모여들어 커다란 사회문제가 되기도 했다.

몽골 정부에서는 유목민들에게 도시로의 이주를 권장하고 있다. 오늘날 전체 인구의 약 3/4이 도시에 거주하는데, 몽골 전역의 인구밀도는 ㎢당 2명에 지나지 않는다. 놀랍게도 세계에서 가장 낮은 수치이다.

유목민들은 목축환경에 따라 초원을 옮겨 다닌다. 날씨가 추워지기 전에 그들이 고심하는 것은 혹한기에도 가축을 먹일 수 있는 겨울 목초지 선정이다. 그들은 바람을 피할 수 있고, 일조량을 최대한 확보할 수 있는 지역을 염두에 두고 가을날부터 겨울 목초지를 찾아두기에 여념이 없다.

그들의 일과에는 밤낮이 없다. 밤낮으로 가축을 노리는 늑대들 때문이다. 밤에 개가 짖으면 인근에 늑대가 와 있다는 증거이니, 얼른 자리에서 일어나 대비해야 한다.

방목하는 소들은 아침과 저녁마다 스스로 우리 밖을 든다지만, 양과 염소는 밤마다 우리로 몰아와야 한다. 그렇지만 덩치가 큰 말과 낙타는 그냥 초원에서 먹고 잔단다.

넉 대의 차량은 시공과 관리의 측면에서 우리네 산간과 오지의 포장도로만도 못한, 그러나 대체로 곧게 뻗은 고속도로 아닌 고속도로를 신나게 달렸다. 어제의 고생길에 비하면 이건 숫제 비행기를 탄 기분이었다. 빙판 위에서 미끄러지는 기분이었다.

언덕 위에서 한 차례 쉬었다. 날씨가 맑아서 시선은 사방으로 멀리 퍼져나갔다. 경관이야 더 설명할 필요가 없었다. 이곳이 몽골 아니던가?

이윽고 몽골 사람들이 '어머니의 바다'라고 여기는 홉스골에 닿았다. 홉스골의 길이는 136㎞, 폭은 36.5㎞, 넓이는 2,760㎢라고 한다. 쉽게 얘기하면, 제주도의 1.5배 크기란다. 이 거대한 담수호는 사이안 산맥의 해발 1,645m의 높이에 자리 잡았다. 아시아에서 두 번째로 큰 크기이지만, 수심은 262.4m이

다. 아시아에서 가장 깊은 호수다.

외국인들에게 '아시아의 스위스' 혹은 '몽골의 푸른 진주'로 일컬어지는 홉스골은 700만 년 전에 생겨났다고 한다. 해발 3,000m에 달하는 높은 산으로 둘러싸인 곳이다. 물이 귀한 나라 몽골 사람들은 예로부터 이 호수를 생명의 근원으로 숭배해 왔다고 한다.

미처 짐을 내리기도 전에 일행들은 홉스골 경관에 압도되었다. 비경이니, 선경이니 하는 말로도 턱없이 부족한 건 우선 바다 같이 너른 수면 때문이었다. 어찌 이곳에 전설 한 꼭지가 깃들지 않았으랴? 홉스골에 관한 전설은 다음과 같다. 등장인물부터가 100명이나 되는 강물의 신들이다.

아주 오랜 옛날 옛적에 100개의 강이 흘러드는 홉스골을 바다로 만들고자 강의 신들이 모여 회의를 열었다. 그러나 아흔아홉 명의 신들이 모였지만, 신

하나가 자리를 비웠다. 그래서 홉스골은 끝내 바다가 되지 못했다.

이때 회의에 참여하지 않았던 강 하나가 에끄인굴이다. 이 강만은 오늘날에도 유일하게 홉스골에서 다른 쪽으로 빠져나가고, 나머지 아흔아홉 줄기의 강은 하나가 되었다. 바로 세렝게강이다. 세렝게강은 이곳에서 400㎞ 떨어진 바이칼 호수까지 무려 1,500㎞를 돌고 돌며 하염없이 흘러간다고 한다.

드디어 시간이 되었다. 각각 배정된 게르에서 짐을 푼 일행들이 항구 아닌 항구로 몰려들었다. 보트를 타고 달라인 머던 호이스 섬으로 가기 위한 짐짓이었다. 호수의 물결이 우리네 마음처럼 일렁거렸다.

달라인 머던 호이스 섬은 넓고 너른 호수의 한가운데 있다고 해서, 몽골어로 '바다의 나무 배꼽 섬'이란 뜻이란다. 이곳에는 신비의 돌탑으로 여겨지는 어워가 세워졌다. 한국인 관광객들은 이곳을 '소원의 섬'이라고 부른다. 호수의 물결이 우리네 마음인 양 철썩철썩 보트를 두드렸다.

보트는 물살을 가르며 달렸다. 조금 전까지 초원을 내달렸던 질주와 느낌이 전혀 달랐다. 물론 통통거림도 있었고, 흔들림도 있었다. 게다가 비슷한 속도를 지닌 질주였지만, 그 맛은 도대체 달랐다. 아까까지는 뭍길이었고, 지금은 물길이 아니던가? 그 맛을 정녕 어떻게 설명할 수 있을까? 투명한 물방울이 보트의 양쪽 옆구리에서 시원스럽게 튀어 올랐다.

　호수를 잔잔하게 채운 물은 푸르다 못해 차라리 시린 빛이었다. 에메랄드가 어찌 이처럼 찬란하게 빛을 뿜어낼 수 있을까? 바람은 사람들의 머리칼을 날리고, 옷깃을 펄럭이며 천연의 춤사위를 자아냈다. 승객들은 모두 탄성을 내질렀다. 인간 세상 아닌 인간 세상에서 바다 아닌 바다를 가로지르는, 이 환희에 겨운 몸서리를 과연 누가 쉽게 쳐볼 수 있을까?

　20분가량 지나서 우리는 배꼽 섬에 올랐다. 이 섬은 동서로 3㎞, 남북으로 2㎞라고 하였다. 가장 높은 곳 또한 수면으로부터 174m에 불과하다. 예전에는 이곳에 절 하나가 있었는데, 1986년에 화재로 소실되었다고 한다.

　정상에 올라 멀리 시선을 놓았다. 도대체 이 푸르름이 어디까지 펼쳐졌는지 보고 싶은 탓이었다. 그러나 시선은 끝내 그 푸르름을 따라잡지 못하고 수평선 위에서 그치고 말았다. 잔잔한 수면은 땅 위에다 또 하나의 하늘을 열어놓았으니, 갈매기 몇 마리가 갈 길을 잃고 끼룩거리며 허공을 맴돌았다. 하늘의 흰 구름이 수면 위에서 떠돌았다.

돌아오는 보트 안에서도 환호하는 소리가 크게 크게 터졌다. 세상에나! 그
토록 무뚝뚝하던 터기마저 고물에 앉아 파안대소 중이었다. 맞다! 미적 쾌감
은 누구나 똑같이 지니는 법이다. 수려하다, 장쾌하다, 신비하다는 등등의 몇
마디 말로 도저히 설명할 수 없는 이곳에 와서 세상의 어느 누가 감탄하지 않
으랴? 굳이 찾아본다면, 넋을 뺀다는 말이 그나마 조금 가까운 표현이 아닐까
싶었다.

정말로 고맙고 행복한 일은 우리들의 게르가 호수를 마주했다는 점이었다.
눈만 들면 무어라 형용하기 어려운 경치가 매순간 내다보였으니, 우리는 그
저 멍한 상태로 빠져들었다.

어느새 다가왔는가? 고교 동기 하나가 호수를 바라보며 여행 중 몇 번인가
불렀던 노래를 다시 크게 불렀다. 70년대에 요들송을 널리 유행시킨 바 있던
김홍철의 〈아름다운 베르네 산골〉이었다. 이 노래는 본디 스위스의 민요다.

평소 요들의 요 자도 모르던 나도 그를 따라 혀를 놀렸다.

"후디리리요 후디리리 후디리리요 후디리리

후디리리요 후디리리 후디리리요 후디리리~"

호수에도 석양이 들었다. 황금빛 노을이 물빛까지 바꿔놓았으니, 세상은
주홍빛으로 뒤집혔다. 그리하여 총천연색으로 빛나던 한낮의 풍광과는 전혀
다른 감동이 덜컥덜컥 밀려왔다. 어찌하나? 이 아름다움을 어찌하나? 나뿐만
아니라, 사람들은 그냥 호숫가를 배회하는 수 말고 달리 어찌하질 못했다.

앞쪽 호숫가를 맴돌던 황 부장도 그의 선배와 함께 석양에 물드는 중이었
다. 거대한 그림 속에 자그맣게 갇힌 그들은 참으로 아름다웠다. 미안한 말이
지만, 주변이 너무도 화려해서 그들도 뒤따라 절로 아름다워진 것이다.

그렇다면 하얀 게르 앞의 하얀 의자에 앉아, 장엄하게 타오르는 석양을 바
라보는 내 모습은 과연 어떨까? 답은 들어보지 않아도 뻔하리니, 석양에 묻힌

내 모습도 저들처럼 속절없이 아름답게 보였으리라. 그리하여 노을이 타오르는 이 천상의 호숫가에서나마 저들이 바로 나고, 내가 바로 저들이 아니었겠는가?

수면에 붙은 불을 어떻게 끌 수 있을까? 그저 우리네 가슴까지 몽땅 함께 태우는 수 외에 또 무엇이 더 있겠는가?

얼른 저녁을 먹은 다음, 다시 게르 앞의 의자에 앉았다. 어둠에 몸을 담그는 호수가 보고 싶었으니, 호수는 천천히 아주 천천히 어둠의 물살을 헤치고 심연 깊은 곳으로 거침없이 나아갔다. 그러고는 숨 한번 크게 쉬는 일도 없이 붉은빛 안에 온몸을 담갔다. 이 광경을 바라보는 나그네의 눈길이 절로 흔들렸다. 덩달아 호흡이 멈춰졌다.

그런데 이게 웬 뚱딴지같은 생각일까? 불현듯 판소리 〈춘향가〉 가운데 〈사랑가〉 한 자락이 듣고 싶어진 건 순전히 "저리 가거라, 뒤태를 보자! 이리 오너라, 앞태를 보자! 아장아장 걸어라, 걷는 태를 보자! 방긋 웃어라, 잇속을 보자! 아매도 내 사랑아!"라는 대목 때문이었다. 아하, 홉스골은 정녕 "사랑, 사랑, 사랑, 내 사랑이야! 사랑이로구나, 내 사랑이야! 이히, 내 사랑이로다!" 라고 외쳐야 딱 맞는 곳이었다.

적막한 한밤중에 유튜브를 통해 〈사랑가〉를 크게 열어놓자, 흐린 달빛 아래 펼쳐진 홉스골의 물가는 정녕 나덕산 꼭대기에 있다는 선녀들의 세상과 다름없었다. 아니, 그 세상이었다.

옛날 뚜얼부터 부족의 젊은 사냥꾼 하나가 나덕산 꼭대기 호숫가에서 목욕하며 노는 선녀들을 발견했다. 그는 가죽 마대를 던져 가장 예쁘고 고운 선녀를 잡았다. 두 사람은 곧장 호숫가에서 혼인한 다음, 살림을 차렸다. 그러나 천상계와 인간계는 그 구별이 엄격하지 않은가? 크게 노한 옥황상제의 명을 받은 사자들이 급히 내려와 선녀를 잡아갔다. 이때 선녀는 임신한 상태였는데, 만삭이 되자 몰래 호숫가로 내려와 숲에서 사내아이를 낳았다. 이별에 임해 선녀는 아이를 광주리에 담아 나뭇가지에 걸어놓았다. 그리고 작은 새 한마리에게 아이를 위해 노래를 불러주도록 하였다. 선녀는 슬프고도 서러운 심정을 안고 하늘나라로 되돌아갔다.

당시 뚜얼부터 부족에게는 부족장이 없었다. 사람들은 영험하기로 명성 높은 한 무당의 가르침에 따라 나덕산으로 올라가, 숲에서 아이를 찾아왔다. 아이는 무럭무럭 용사로 자라나 마침내 초로시가 족의 부족장이 되었다.

어둠과 고요 속에서 〈사랑가〉가 마지막을 향해 달려갔다. 호수의 철썩임도 잠시 숨을 죽였다.

"사랑, 사랑, 사랑, 내 사랑이야! 사랑이로구나, 내 사랑이야! 이히, 내 사랑이로다! 설마 둥둥 내 사랑이야! 달아, 달아, 밝은 달아! 네 아무리 바쁘어두 중천에 멈춰있어, 내일 날 오지 말구, 백 년여 일 이 밤 같이 이 모양 이대로 늙지 말게 허여다오! 사랑이로구나, 내 사랑이야! 오호 둥둥, 내 사랑!"

몽골몽골11

몽골의 화폐

몽골의 화폐 단위는 투그릭이다. 투그릭은 본래 '둥글다'는 뜻이다. 근래에 들어 투그릭은 우리나라의 원화에 비해 대체로 1/4만큼의 가치를 지닌다. 우리나라 돈 1,000원이 몽골의 4,000투그릭에 값하고, 몽골의 1,000투그릭은 우리 돈 250원 정도로 환전된다는 말이다.

몽골의 화폐는 우리의 원화보다 조금 더 세분된다. 지금은 거의 사라지다시피 한 1투그릭과 2투그릭·5투그릭짜리 외에, 10투그릭과 20투그릭·50투그릭에다 100투그릭·500투그릭 및 1,000투그릭·5,000투그릭 그리고 10,000투그릭·20,000투그릭짜리 화폐가 통용 중이다.

몽골 지폐의 특이점은 권 종마다 색깔이 모두 다르지만, 도안은 대체로 똑같다는 사실이다. 크기도 거의 비슷한 이 화폐들의 전면에는 수흐바타르나 칭기즈칸의 초상이 차지했고, 금액을 나타내는 숫자는 뒷면에만 있다. 그래서 몽골 사람들은 지폐의 색깔만 보고도 잘 구별하지만, 외국인들에게는 늘 뒷면의 액수에 신경을 써야 하는 불편함이 존재한다.

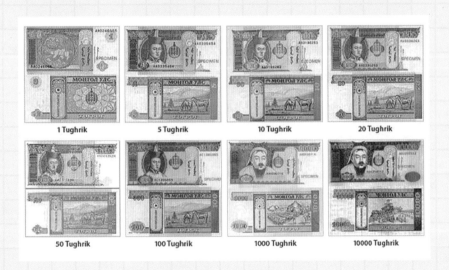

| 1 Tughrik | 5 Tughrik | 10 Tughrik | 20 Tughrik |
| 50 Tughrik | 100 Tughrik | 1000 Tughrik | 10000 Tughrik |

더불어 지폐의 앞면을 각각 살펴보면, 수흐바타르는 대체로 100투그릭 이하의 저액권에 등장한다. 500투그릭에서 20,000투그릭에 이르기까지 고액권의 전면은 온통 칭기즈칸 일색이다. 앞서 살펴보았듯이, 몽골의 독립 영웅 담딘 수흐바타르는 중국의 지배하에서 독립을 쟁취해서 공산주의 체제를 연 인물이다. 그렇다면 1992년 몽골이 민주정을 받아들인 뒤부터 그에 관한 평가가 혹 절하된 게 아닐까?

몽골의 수도 울란바토르에 가면 칭기즈칸광장이 널찍하게 열렸는데, 이곳은 몽골 사람이면 누구나 자유롭게 이용하는 공간이다. 그런데 이 광장의 이름이 애초에 수흐바타르광장이었다가 근래에 들어 칭기즈칸광장으로 불린다는 점을 떠올려 보면, 오늘날 몽골 내부에서 수흐바타르에 관한 평가가 다소 격하되었다고 할 수 있지 않을까?

홉스골

에르떼네트

울란바토르

몽골유람 열이틀째

홉스골에서 에르떼네트까지

몽골유람 열이틀째

이동구간: 홉스골에서 에르떼네트까지
이동거리: 500km
소요시간: 9시간

새벽 네 시경에 눈이 떠졌다. 게르 밖에서 동녘 하늘이 터지려고 하는 중이었다. 태양은 검게 늘어선 능선 뒤에 숨어서 아직 꾸물거리고 있었다. 오싹할 만큼 차가운 바람이 호수를 건너왔다. 그러나 졸음을 주체할 수 없기에 다시 침대 속으로 파고들었다.

한 시간쯤 자다가 일어났을까? 그 사이에 먼동이 터졌다. 둥근 해가 황금빛으로 먹구름을 비집고 있었다. 그리고 조금씩 조금씩 세상을 밝히며 떠올랐다. 덩달아 수면 위에 한 폭의 거대한 수채화가 어렸다. 단조로워서 더욱 광휘를 발하는 그 반추상을 어찌 필설로 다할까? 그래서 선잠 깬 물새들이 꾸욱, 꾹 거렸나 보다.

발길이 절로 수면에 다다랐다. 자신도 모르게 두 손이 물속에 담가졌다. 호수를 위한 세례가 필요했던가? 그 맑은 푸른 물을 선뜻 움켜쥐었다. 그리고 얼굴을 씻었다. 온몸이 짜르르했다.

17℃의 기온 때문인가? 물안개는 거의 피어나지 않았다. 그러나 신성하고
도 산뜻한 새 아침의 기운이 절로 느껴졌다. 물살은 먼 먼 옛 기억처럼 아른
거렸다. 호수에 홀린 사람들 마음처럼 쉼 없이 흔들렸다. 몇 마리 갈매기가 아
침 하늘을 갈랐다. 밝은 미소가 하늘을 넘치도록 채웠다.

홉스골은 에메랄드의 물빛이 지겨워지는 날까지 실컷 살아보고픈 곳이다.
그 둘레를 찾아 하염없이 걷고 싶은 곳이다. 푸른 수면에 비친 또 다른 자아
를 마주하고픈 곳이다. 물안개 자욱한 날이면 이 땅에서 만났다가 사라진 사
람들의 이름을 목 놓아 크게, 크게 차례로 불러 보고픈 곳이다. 보름밤이면 달
님의 그림자를 하나씩 줍고, 그믐이면 삼등성들의 궤적을 좇고픈 곳이다.
그렇다면 혹여 팔순의 나이가 될 무렵 나는 이 부근 어딘가를 배회하고 있
지 않을까? 이 널따란 호수를 안테나 삼아서, 저 우주 끄트머리의 그 별과 교
신하고 있지 않을까? 아니면 빛바랜 첫사랑을 반추하고 있지 않을까?

일찍이 당나라의 시선詩仙 이백李白은 "夫天地者부천지자, 萬物之逆旅만물지역여, 光陰者광음자 百代之過客백대지과객"이라고 토로한 바 있다. 이를 풀이하면, 대개 세상이란 만물이 묵었다가 떠나는 숙소요, 세월이란 영원을 지나가는 나그네란 뜻이다.

겨우 하룻저녁 묵은 홉스골을 등 뒤에 남기고 떠나는 나그네의 걸음은 종내 가볍지 않았다. 아시아의 스위스이자, 몽골의 푸른 진주를 어찌 그리 쉽게 남겨두고 떠날 수 있으랴? 그러나 그 한 점의 푸름을 가슴에 새기고 떠나는 수밖에 없었다. 무정한 갈매기들은 여전히 푸른 하늘을 오갔다. 물살 한 줌을 남몰래 가슴에 담았다.

차탕족 마을 방문 계획을 전격 취소했다. 도로가 미끄러워 위험하기 때문이었다. 차탕은 '순록을 치는 사람'이라는 뜻인데, 에스키모의 후예들이다. 이들은 여름이 되면 홉스골 가까운 고산지대로 와서 산다고 한다. 아쉽지만 몽골을 다시 찾아오라는 신의 계시로 받아들여야 했다.

아침 7시 30분. 노마드의 길이 다시 열렸다. 이인화의 소설 「시인의 별」에 등장하는 고려 사람 안현安顯의 후예들은 떠나기 싫은 길을 나섰다.

소설의 주인공 안현은 학식 있고, 누구보다도 심지가 굳은 데다가 또 재주도 뛰어난 사람이었다. 그러나 이렇다고 내세울 만한 집안의 후손은 아니었다. 그리하여 그는 관직에 오르지 못했다. 다만 가난 속에서 주어진 삶에 수긍하며 살아가다가 예쁘고 어진 아내를 만났다. 안현은 사랑하는 아내와 행복하게 살기 위해 자신의 마지막 자존심까지 다 내버리고 처세한다. 그러나 굴종의 시간마저 끝내 그를 외면하였으니, 몽골의 장수 이아치가 그의 부인을 빼앗아 고국으로 돌아간 것이다. 안현은 오랜 세월 부인을 찾기 위해 몽골 초원의 매서운 바람과 굶주림에 맞서 싸우며 온갖 시련을 겪는다.

그러나 어렵게 찾은 아내는 이미 고관의 부인이 되어, 그의 앞에 나타난다. 그녀는 두 사람의 인연이 진즉에 끝났다며 매몰차게 거부한다. 그러나 안현

은 젊은 날의 그 별을 바라보다가 "황야는 세상 끝까지 뻗어가지만, 그 위에는 억 만년 저런 별이 빛나고 있다."라고 되뇌인다. 마침내 그는 아내를 살해한다. 그리고 자신도 황야에 생매장된다.

우리의 조상 안현이 띄운 시인의 별, 그 별 하나는 저토록 드높고 너른 몽골의 하늘 어디에서 빛나고 있는가? 그 별을 찾는 걸음은 다시 이어져야만 했다. 천년의 세월이 훌쩍 흘러 안현이라는 선조 하나를 찾아 몽골에 들었다 지친 우리가 애처롭게 보였는가? 밧자가 불현듯 포장도로에서 벗어나 어느 유목민 게르 앞에 차를 덜컥 세웠다. 우리의 개념으로는 생전 알지 못하는 사람 집으로 불쑥 찾아든 격이었다. 밧자가 몰래 가슴에 담고 있던 예기치 못한 일정의 하나였다.

그들은 정녕 우리를 환대했다. 마침 말젖을 짜고 있던 그들 일가족은 자신들이 살아가는 모습을 거리낌 없이 내보였다. 그리고 친절하게 설명까지 덧붙였다. 말이나 낙타의 젖을 짤 때는 그 새끼가 다른 쪽의 젖통을 빨도록 유도한다고 했다. 그래야 어미 말이나 낙타가 편안한 마음으로 젖을 내주기 때문이란다. 그렇게 하지 않으면, 몸집 큰 말이나 낙타의 뒷발질에 젖을 짜는 사람이 다치기 쉽다는 설명이었다.

초등학생처럼 보이는 아이들 서넛이 어른들을 돕는 중이었다. 몽골에서는 풀이 자라는 6월에서 9월까지 석 달 동안을 방학으로 삼는다. 아이들은 이때 초원에서 가축을 돌보거나, 집안일을 돕는다. 겨울철에는 방학이 거의 없단다. 그래서 겨울이 시작되면, 아이들의 학교가 있는 도시 주변으로 게르를 옮긴다. 이때 아이들은 대부분 말을 타고 학교로 오간다.

주인 에런 씨는 우리를 게르 안쪽으로 안내했다. 이들이 거주하는 게르 역시 우리가 내내 묵었던 게르와 크게 다름없었다. 세 개의 침대가 배치되었으니, 나무로 된 탁자를 앞에 둔 한가운데가 분명 연장자의 자리다.

주인의 자리 위쪽 벽에다 감실처럼 꾸며놓은 곳에는 집안을 돌봐주는 최고의 가신家神 볼카한을 모셨다. 라마교의 경문經文은 그 위에 따로 받들었다. 그 앞에 서자 두 손이 절로 모아졌다.

내친김에 게르의 내부를 찬찬히 돌아보았다. 게르 한가운데에 추크호라고 부르는 몽골 고유의 난로가 놓인 점은 우리가 묵었던 게르와 똑같았지만, 땔감이 달랐다. 우리가 내내 불을 지폈던 장작이 아니라, 당호라고 부르는 소똥과 말똥이었다. 이는 부녀자들이 7월과 8월 즈음에 풀밭에서 주워온 것이란다.

난로 위쪽에 토흔이라는 창 아닌 창을 내놓은 점도 우리가 묵었던 게르와 똑같았다. 토흔은 먼저 난로에서 나오는 연기를 배출하는 역할을 한다. 그리

고 자연 채광으로 게르 안을 밝히는 역할을 겸한다. 개폐와 조절이 가능한 설계임은 물론이다.

출입구의 기둥에는 마유주를 만드는 가죽 주머니 후루가 매달렸다. 후루는 커다란 양가죽을 통째로 뒤집어 놓은 것이다. 후루 안에는 말젖을 휘저을 때 쓰는 1m가량의 나무막대기 부루루가 담겼다. 주객을 가리지 않고 게르에 드나드는 사람들은 모두 이 부루루를 휘저어야 한단다. 그리하여 일행 중 몇 사람이 번갈아 부루루를 손에 잡았다.

아이락이라고 부르는 마유주는 대체로 초원의 풀이 싱싱한 여름철에만 마신단다. 풀이 시들면 마시기를 삼간단다. 대신 이때 나오는 아이락으로 아르키히를 만들고, 그 잔류물로 아를을 만들어 비축해 두었다가, 겨울철에 여러 육류와 함께 섭취한다고 한다.

에런은 우리에게 제일 먼저 아이락부터 권했다. 그러나 지난번에 아이락을 마시고 설사를 경험했던 나그네들은 한 걸음씩 뒤로 물러섰다. 나머지 사람들은 그가 철철 넘치게 따라주는 아이락 사발을 감사하게 받았다. 그리고 시원스레 비웠다.

다시 길을 나섰다. 긴 여정에서 일행들은 밧자에게 여러 가지 질문을 던졌다. 다음은 그의 답변을 듣고 간추린 몇 가지 내용이다.

몽골에도 우리나라의 단군 신화와 같은 건국 신화가 몇 가지 전해진다. 그 가운데 가장 보편적으로 알려진 신화는 아래와 같다. 한족漢族을 언니의 후손으로, 자신들을 동생의 후손으로 자처한다는 점이 매우 흥미롭다.

세상이 아주 자그마한 불덩이였을 때였다. 어느 언니와 동생이 지금의 중국 땅인 신주神州로 왔다. 언니는 수려한 경관을 지닌 남방으로 시집을 갔다. 동생은 목초가 아주 기름진 북방으로 시집을 갔다. 언니는 손에 흙을 쥔 아기를 낳았다. 그래서 이름을 해특사海特斯라고 지었다. 그가 바로 한족의 조상이 되었다. 동생은 손에 말총을 쥐고 있는 아기를 낳았다. 그래서 이름을 몽고락蒙古樂이라고 불렀다. 그가 바로 몽골인들의 조상이 되었다.

사방이 탁 트인 초원과 방이 따로 분리되지 않은 게르에서는 처녀와 총각이 만나 사랑을 나누기가 어려운 게 사실이다. 그렇다면 그들은 어떻게 구혼하고, 어디에서 사랑을 나눌까?

이들의 구혼 풍습은 매우 특이하다. 만약 한 총각이 어느 처녀를 사랑하게 되면, 그 총각은 말을 모는 장대를 처녀가 사는 게르 앞에 꽂아둔다. 이 장대가 몽골어로 허우마갈이니, 청혼의 표시이기도 하다.

만약 총각이 마음에 들면, 처녀는 즉시 말을 타고 그 총각을 따라간다. 그리하여 총각을 만나게 되면, 이들은 들판에 다시 허우마갈을 세워두고 사랑을 나눈다. 그때 멀리서 이 허우마갈을 발견한 사람들은 그들을 위해 절대로 접근하지 않는다.

몽골 땅에는 "말 등에 하나는 노래, 또 하나는 속담이라는 두 개의 보물을 갖고 다닌다."라는 말이 전해온단다. 몽골 사람들은 서로 만나 안부를 물을 때 "꽃들이 만발한 곳에 벌이 잔뜩 모이듯이, 마음 착한 사람에게 친구가 많

이 모인다."라고 말한단다. 작별할 때도 "초승달도 보름달이 된다."라고 운치 있게 말한단다. 이는 달이 차면 기울고, 기울었다가도 이내 다시 차오르듯 조만간 다시 만나게 된다는 뜻이다.

가축과 관련한 속담도 꽤 많은데 몇 가지를 소개하면 다음과 같다. 우리와 정서적으로 통하는 것들이다.

- 좋은 말은 걸음을 걸을 때 온정하고, 좋은 사람이 말할 때는 겸허하다.
- 제 몸의 낙타 흔적은 말하지 않고, 남의 몸에 빈대 발만 말한다.
- 닭이 울지 않아도 새벽은 온다.
- 낙타는 자신에게 혹이 있는 줄 모른다.
- 진정으로 좋은 말은 안장이 좋고 나쁨을 가리지 않고, 장식을 가리지 않는다.

수수께끼의 형식을 취한 속담도 전해오는데, 다음과 같다.

세상에는 풍부한 것이 세 가지 있다. 가축이 많은 사람은 풍요롭고, 자식이 많은 사람은 더 풍요롭고, 지식이 많은 사람은 더욱더 풍요롭다.

세상에는 위험한 것이 세 가지 있다. 어린아이가 손에 든 칼, 어리석은 자가 손에 쥔 권력, 아첨하는 사람의 입에 오르내리는 달콤한 말이다.

세상에는 경멸받을 사람이 셋 있다. 어려운 일을 두려워하는 사람, 죽음을 두려워하는 사람, 그러나 가장 경멸을 받아야 할 사람은 아첨하는 사람이다.

오후 6시가 지나서 에르떼네트에 닿았다. 에르떼네트란 이름은 몽골어로 보물이라는 뜻이다. 이곳은 몽골 제2의 도시로, 1974년 이곳에 구리 광산이 생기면서 만들어졌다.

얼른 저녁을 해결하고, 역에 다다라 8시 40분발 열차에 올랐다. 20량이 넘는 장대 열차였다. 기사들은 각자 차를 몰고 울란바토르로 향했다. 밧자만이 울란바토르 도착 예정 시간인 아침 8시에 맞춰 역사로 나온다고 하였다.

우리는 세 사람의 기사들과 이곳에서 고맙고도 아쉬운 작별을 나눠야 했다. 모두가 잡은 손을 쉽게 놓지 못했다. 정 많은 상수는 벌써 눈가가 붉어졌다. 시간이 되자 멀리 초원에서 기차가 다가들었다.

기차가 천천히 달리기 시작했다. 노쇠한 철로와 열차였지만, 우리가 탄 19호실은 2인용 침실로 아주 청결하고 쾌적했다. 옆 호실에 다녀온 친구의 말에 따르자면, 이 열차는 2인실부터 8인실까지 다양하다고 했다.

승용차보다 더디다는 열차의 창밖으로 몽골이 느릿느릿 흘러갔다. 파란 하늘은 하얀 뭉게구름이 독차지했고, 푸른 풀밭 가장자리에 하얀 게르들이 드문드문 나타났다. 흰 점과 검은 점으로 양 떼와 염소 떼들이 박혔고, 갈색 점들은 말이나 소들이었다. 야크는 검거나 갈색 점으로 등장했다. 게르와 오축이 상징하는 몽골의 대표적인 풍광은 한순간도 그침 없이 가슴속으로 흘러들었다.

어느 순간 이육사 선생이 남긴 「광야」를 큰 소리로 읽어보고 싶었다. 닭 우는 소리가 어디서 들려왔던가?

열차는 해거름을 넘어 한밤으로 달려갔다. 몇 잔의 맥주를 마시자, 그동안 쌓였던 피로와 긴장감이 일시에 몰려왔다. 덜커덕대는 열차의 소음조차 자장가로 들려왔으니, 시인의 별을 찾는 행보는 꿈속으로 이어졌다.

몽골몽골12

종단 열차를 타고

몽골의 기차는 시베리아횡단철도에서 갈라졌다. 러시아의 울란우데에서 13㎞ 떨어진 자우딘스키역을 분기점 삼아 몽골 땅을 남북으로 종단하는 이 열차는 울란바토르에서 출발하여 중국의 수도 베이징까지, 또는 러시아의 수도 모스크바까지 직통 운행하기도 한다. 표준궤보다 85㎜가 더 넓은 1,520㎜의 광궤로 설계되었다.

에르떼네뜨에서 기차를 탔다. 몽골에 와서 이 종단 열차를 꼭 타보고 싶지 않았던가? 열차를 기다리며 마음마저 설렌 건 해거름 때문만은 아니었다. 한밤을 도와 초원 위를 내달리고 싶은 마음 때문이었다.

주어진 호실로 들어가 창가에 앉아 푸른 초원을 점점이 장식한 게르와 가축들을 내다보자니, 열하루 동안의 기억들이 꼬리를 물었다. 그저 똑같은 듯해도 그때그때 조금씩 다른 모습으로 다가왔던 몽골이 다시금 차창 밖에서 자꾸 자꾸 흘러갔다.

　나름대로 멀고 긴 여행이 끝나가는 시점이었다. 땅거미까지 초원 위에 차분하게 내려앉았으니, 맥주 한 잔을 아니 할 수 없었다. 그러나 눈길만은 창밖에서 벗어나질 않았다.

　창밖은 이내 어둠의 차지였다. 게르의 불빛들도 모두 잠들었는가? 낡은 철로 위에서 철커덕철커덕 내달리는 바퀴 소리만 들려왔다. 그리고 그 소리는 아련한 추억들을 차츰차츰 되살려냈다.
　5살이 되던 해였다. 산골에서 나와 어느 읍내의 철길 가까운 동네에서 살게 되었으니, 그때 처음으로 기차를 만났다. 그리하여 끝없이 뻗은 철길 위를 내달리던 열차들을 바라보며 자랐다. 당시에는 완행과 특급으로만 구별되던 기차들이었다. 특급열차들은 저마다 통일호·무궁화호·새마을호·풍년호 등의 이름을 달고, 꽤애액 꽥꽥 기적을 울렸다. 하얀 수증기를 입김처럼 내뿜으며, 증기기관차들은 언제나 거침없었다.

　기차를 바라볼 때마다 늘 먼 세상을 꿈꾸었다. 허공으로 풀어져 나가는 수증기를 바라보며 기나긴 상상에 빠지곤 했다. 하늘 너머 노을 속으로 들어가면 억새꽃 흐드러진 세상이 꼭 있을 것만 같았다. 눈 내리는 세상을 지나면, 다시 비 내리는 세상이 이어지고, 그곳에서 누군가가 나를

꼭 기다리고 있으리라 여겨졌다. 또 맑은 강 건너편으로 새롭게 단청 올린 절간을 통과하면, 욕심과 슬픔 잊은 소년으로 쉽사리 탈바꿈할 것 같았다. 벚꽃이 휘날리는 늦은 봄이면 어디론가 떠나고 싶은 마음은 더욱 들끓었다.

열차는 날마다 그렇게 마을 앞쪽을 지났다. 그리고 얼마쯤 자란 뒤부터는 마침내 공골 다리 아래에 사는 빈민촌 아이들과 어울려 열차를 훔쳐 타고 대전으로, 지금은 익산으로 이름이 바뀐 이리로 갔다. 대전역과 이리역 앞 중앙시장에서 좀도둑질하는 그들을 졸졸 따라다녔다. 점심도 쫄쫄 굶다가 이윽고 그들이 나눠주는 군것질거리로 배를 채우곤 하였으니, 그들이 시장을 한 바퀴 돌며 훔친 과자 부스러기나 빵들이었다. 아무렴 그들이 두어 달에 한 번 정도 선심 쓰듯 끼워주던 그 짜릿한 모험과 달콤한 잔치를 어느 결에 내심 기다렸던 것도 사실이다.

그러면서 세월은 흘렀고, 다시 기차를 타고 서울의 어느 고등학교에 들어갔다. 그 시절에도 주머니 사정은 뻔했으니, 언제나 완행열차만 이용해서 부모님을 뵈러 다녔다. 대학 시절에는 교외선이나 경춘선을 타고 서울 근교를 놀러 다니기도 했다.

아무렴 누구나 지녔으리라는 그 시절의 추억과 사연 역시 이루 다 말할 수 없다. 그렇지만 지금도 가만히 눈 감아보면, 이제는 사라진 홍익회 회원들의 호객 소리가 가장 먼저 귓가에 이명처럼 들려온다.

"뽀빠이 한 가마니가 십 원! 라면땅 한 가마니가 십 원! 자야 한 가마니가 이십 원!"

어느 틈에 잠들었을까? 창가가 희붐하기에 얼른 자리에서 일어났다. 그리고 다시 창밖을 내다보았다. 새벽안개가 바람에 일렁이는 들녘을 아직도 달리는 중이었다. 동녘이 밝아 오는가 싶었는데, 몽골의 기차는 역시 몽골의 기차답게 천천히 제 갈 길을 찾아가는 중이었다.

초원의 아침은 또 이렇게 밝아 오는가? 여명이라 풀빛은 어스름했지만, 누렇게 바랬던 흰 구름들이 가장 먼저 제 빛깔을 되찾기 시작했다. 몽골의 종단 열차는 기적 소리와 함께 어제를 등 뒤에 버려두고, 또 다른 하루가 열릴 울란바토르를 향해 달렸다.

베토벤이 작곡한 5번 교향곡 가운데 제1악장 〈알레그로 콘 브리오$^{Allegro\ con\ brio}$〉가 몽골의 초원 위로 장엄하게 울려 퍼졌다. 그래, 여기가 몽골이다! 여기가 몽골이다!

Epilogue

몽골.

우리 민족의 본원을 이야기하거나, 문화적인 유사성을 언급할 때마다 늘 거론되는 나라다. 그들과 우리 사이에는 엉덩이에 몽골반이라는 태생적인 증거도 함께 있지 않은가?

역사적으로 보면, 몽골은 1231년부터 1259년까지 29년에 걸쳐 무려 여섯 차례나 고려로 쳐들어와 우리 땅을 짓밟았던 나라이기도 하다. 그리하여 1259년부터는 거의 한 세기 동안 고려의 정치 현실에 크게 간섭하였으니, 몽골의 일곱 공주가 고려의 다섯 왕에게 시집을 오기도 하였다.

어디 그뿐인가? 고려와 몽골의 연합군은 두 차례나 일본정벌에 나서기도 하였으니, 이런저런 과정을 거치면서 빈번한 문화적인 접촉과 교류가 이어지기도 했다. 그 결과는 '고려양'과 '몽고풍'이란 말로 집약할 수 있는데, 하물며 바다 건너 제주도에까지 돌하르방과 조랑말을 버젓이 남기지 않았던가?

늘 궁금했던 나라 중의 하나가 몽골이
었다. 더불어 사진으로만 보던 그곳의 목
가적인 풍광을 두 눈으로 직접 누리고 싶
었다. 그러다가 마침내 2023년 7월 23일
부터 8월 6일까지 모두 16명이 몽골을 유
람하기로 계획을 세웠다. 비행기 표를 미
리 끊은 뒤 서점으로 가보았지만, 몽골과
관련한 책은 쉽게 찾아지지 않았다. 여행
안내서 한 권만 겨우 살 수 있었는데, 그나
마도 울란바토르를 중심으로 기술된 책이
었다.

그러나 무언가 간절하게 원하면 이루어
지는 법인가? 마침 인근 대학의 도서관에
서 기존의 소장 도서를 정리한다는 소식이 들려왔으니, 몽골을 대상으로 한
책 10여 권을 쉽사리 손에 넣는 기쁨이 생겼다. 그리고 그 기쁨은 3개월가량
의 독서로 이어졌다.

그 가운데 『몽골비사』와 『밀레니엄 맨』은 칭기즈칸을 이해하는 데 큰 힘이
되었다. 『몽골민속』, 『몽고문화사』, 『몽골의 무속과 민속』 등과 같은 책은 몽
골과 몽골 사람들을 폭넓게 이해하는 바탕을 이루었다. 『몽골인 그들은 어디
서 왔나』, 『최후의 몽골유목제국』, 『고대 한·몽 관계사』도 마찬가지였다. 그밖
에 『몽골의 관습과 법』이나 『몽골의 선사시대』, 『제주 토박이의 섬·바람·오름
이야기』 등과 같은 책도 몽골을 유람하는 동안 많은 자양이 되었다.

돌이켜 보면, 이 책은 13박 14일에 걸친 유람 가운데 11박 12일간의 기록이다. 일정의 막바지에 속하는 이틀 동안 울란바토르를 맴돌았던 추억과 기록은 생략하기로 했다. 인터넷을 이용하면 울란바토르 시내에 관해서 만큼은 훨씬 더 자세하고 정확한 최신 정보를 언제나 얻을 수 있기 때문이었다.

2023년 여름. 11박 12일 동안 울란바토르를 벗어나 참으로 많은 곳을 찾아다녔다. 그 길에서 만난 풍광들은 어찌 보면 대부분 비슷비슷한 것 같았지만, 어느 장면 하나 빼놓을 수 없을 정도로 아름답고 개성적인 모습으로 늘 다가왔다. 아마 그 힘을 밑천 삼아 우리 일행들은 멀고도 험한 초원의 길을 무사히 누비고 다녔으리라. 이 자리를 빌려 그들에게 감사한 마음을 전하고 싶다.

이 책은 유람 중에 날마다 조금씩 적어두었던 적발을 한군데 모아서, 깁고 다듬고 보탠 결과물이다. 몽골 여행을 꿈꾸는 사람들을 위해 보다 많은 정보를 가능하면 쉽고 재미있게 전하고자 의도한 책이다. 그러나 태생부터가 기행문이라는 점을 염두에 둔다면, 미완으로 멈추고 만 것도 피치 못할 사실이다.

이제 상재할 날이 닥쳐왔다. 여러 가지로 미진하다는 탄식과 자책에 슬그머니 눈을 감아보지만, 아름답고도 평화스러운 몽골의 풍광은 여전히 뇌리에 완연하다. 기약 없는 기약에 더욱 아련하고 그리운 나라가 정녕 몽골이기 때문이다.

2024년 7월에
유영봉은 삼가 쓰다